U0107766

本书受西安外国语大学学术著作出版专项资助

宋词颜色词研究

董佳 ◎ 著

中国社会科学出版社

图书在版编目(CIP)数据

宋词颜色词研究／董佳著 . —北京：中国社会科学出版社，
2022.6

ISBN 978-7-5227-0220-9

Ⅰ.①宋… Ⅱ.①董… Ⅲ.①宋词–诗词研究 Ⅳ.①I207.23

中国版本图书馆 CIP 数据核字（2022）第 088942 号

出 版 人	赵剑英	
责任编辑	许 琳 齐 芳	
责任校对	闫 萃	
责任印制	郝美娜	

出　　版	中国社会科学出版社	
社　　址	北京鼓楼西大街甲 158 号	
邮　　编	100720	
网　　址	http：//www. csspw. cn	
发 行 部	010-84083685	
门 市 部	010-84029450	
经　　销	新华书店及其他书店	

印　　刷	北京君升印刷有限公司	
装　　订	廊坊市广阳区广增装订厂	
版　　次	2022 年 6 月第 1 版	
印　　次	2022 年 6 月第 1 次印刷	

开　　本	710×1000 1/16	
印　　张	13.5	
插　　页	2	
字　　数	229 千字	
定　　价	78.00 元	

目　　录

第一章

引　言

第一节　解题及选题意义

本书研究的五种基本颜色词分别为"黄""红""青""白""黑"，这五个颜色词代表了宋词中五种基本的颜色范畴，它们在各自颜色范畴中的使用频率最高。以"红"为例，可以归入红色范畴系列的颜色词还有"丹""朱""赤"等，而颜色词"红"在《全宋词》中的使用频率远远高于其他红系列颜色词："红"在《全宋词》中共出现5052次，"丹"出现1108次，"朱"出现1098次，"赤"出现272次。其他四个颜色词"黄""青"①"白""黑"在各自颜色范畴中的情况类似。因此，可以说在宋词创作的时代，这五个颜色词在表示颜色时都处于各自范畴的原型地位，都属于基本类的颜色词。

研究宋词，目前《全宋词》仍然是最理想的语料选择。《全宋词》共收录了两宋一千三百三十多位词家创作的近两万首词作（约一百四十余万字），能够反映宋词的基本面貌。而且《全宋词》本身是一个封闭性的语料库，便于统计归纳。因此本书对宋词颜色词的研究将以《全宋词》为语料。

对宋词中五种基本颜色词的研究并不仅限于对每个颜色词静态语义的考察，而是突出每个颜色词在文学语言创作中动态的使用情况，包括颜色词的句法特点、语义内容以及语用功能等等，因此属于文学语言中颜色词的使用研究。

本书的主要研究对象是"黄""红""青""白""黑"五个基本颜色

---

① "青"在宋词中所代表的颜色范畴实际为蓝绿色范畴，反映了当时人们对颜色分类的普遍认知。

词，它们代表了宋代社会人们对颜色范畴分类的普遍认知。这实际上也暗合了中国传统的"五色"观念，或者可以说，这种对颜色的分类认识是长期以来受到上古先民"五色"观念影响的结果。

大约在先秦时代，先民产生了"五色"的观念，即"黄、赤、青、白、黑"五种颜色。而且这五种颜色从一开始就与方向方位附会在了一起，如《周礼·冬官画缋》里说："画缋之事，杂五色，东方谓之青，南方谓之赤，西方谓之白，北方谓之黑，天谓之玄，地谓之黄。"①

后来古人又将阴阳五行说用于颜色的说解，并将五色与五方、五时等进行组合联系："在五行中，木火金水主管的分别是春夏秋冬与东南西北四方，土居中央"②，于是，五行、五色、五时、五方的对应就成为了一种规约。

表1　　　　　　　　　　五色与五方、五行、五时的对应表

五色	黄	赤	青	白	黑
五方	中央	南	东	西	北
五行	土	火	木	金	水
五时	孟夏	夏	春	秋	冬

事实上，从实践发展的客观规律来看，以五色配五方、五行等学说，乃至后来的正色与间色等说辞，都应该是上古先民五色观念形成以后，又以此为基础而生发出的哲学思想。"五色观"本身其实代表着先民在生产劳动生活中对颜色类别划分的一种总结性认识。

虽然随着语言的发展，历代对于五色表达所用的颜色词不尽相同，如上古时期为"黄、赤、青、白、黑"，而到了宋代，"赤"的地位已被"红"所代替，但事实上，人们对于颜色范畴的分类仍然是以上古的五色观为基础的。可以说，到宋代为止，人们对于颜色分类的普遍认知仍可以分为五大类，即白色系、黑色系、黄色系、红色系和蓝绿色系，而代表这五大色系③的基本颜色词即为"白""黑""黄""红""青"。

本书的主要研究内容是对这五个颜色词在《全宋词》中的使用情况

---

① 任骋：《中国民间禁忌》，中国社会科学出版社 2005 年版。
② 任骋：《中国民间禁忌》，中国社会科学出版社 2005 年版。
③ 本书的"色系"即指颜色的基本范畴。

进行深入细致的分析。第三至第七章先以每个颜色词的个体研究为独立章节，并将每个颜色词的使用分为两类情况进行研究，即"颜色词在句中单独使用的情况"和"颜色词构成含彩词语①的使用情况"②；第八章跳出具体语料，试图站在语言学及文学语言研究的角度上，对《全宋词》中的颜色词（主要是五个基本色颜色词）在形式、语义及语用上表现出的特点进行归纳总结。

颜色本身是一种自然现象，对于颜色，人们大多数的观念都是用语言表达的。不同的语言对于颜色的表达不尽相同。而且，观察者对颜色的体验，以及跟某些特殊颜色相关联的含意和观念，又跟人们所处的时代、社会和不同的文化息息相关。可以说，对颜色的感知，存在于观察者的大脑之中，而人们的各种关于颜色的表达，却无疑是各自语言和文化的产物。因此，对于一种语言里颜色表达的研究不仅是有趣的，也是有意义的。它使我们更深入地理解颜色词语所表达的含意和观念，从而更加了解自己的语言和文化，继而使来自不同语言文化的人们加深对彼此的了解。

语言的发展是一个不断继承和创新的过程，总是在历代相沿中有所变化、有所发展。汉语经历了千百年的发展演变，不同历史时期对于颜色观念的表达，也从相对单一、模糊，不断发展到越来越丰富、确切。因此，对某一特定历史时期的颜色词进行共时研究，是对整个汉语颜色词展开系统研究的必要一环，有助于推进汉语颜色词的研究。

在迄今保留下来的古代汉语文献中，古典韵文是非常重要的一部分，是与古典散文相伴随的汉语文学体裁。古典韵文的文学语言以其丰富的词藻和优美的韵律带给我们独特的审美感受，并对现代汉语的书面语及文学语言都产生了极其深远的影响，可以说，古典韵文文献是我们研究汉语特别是古代汉语的一座巨大宝库。对古典韵文中的词汇使用进行研究，有助于推进汉语古典韵文的文学语言研究，不仅可以更加深入地探寻古代汉语词汇表意和使用上的规律，而且能够使今天的我们发现汉语从古代到现代历程中的传承与发展，使我们加深对汉民族的语言、文学乃至文化传统的

---

① 含彩词语指由单个颜色词与其他词构成的词语，多为双音。多数含彩词语为［颜色词+名词］的形式，如黄口、青鬓；少数有［颜色词+动词］、［形容词/动词/名词+颜色词］的形式，如白战、断红、守黑。

② 之所以将颜色词的使用分为"在句中充当句法成分"和"构成含彩短语或含彩词"两类情况，主要是考虑到颜色词在这两类使用情况中，在句法形式、语义所指及语用特点上的种种差别。

了解。

词，是诗歌的一种，是继诗之后的又一种文学体裁，因是合乐的歌词，故又称曲子词、乐府、乐章、长短句、诗余、琴趣等。一般认为，词的创作始于隋，定型于中晚唐，盛于宋。词最早起源于民间，后来，文人依照乐谱声律节拍而写新词，叫做"填词"或"依声"。从此，词与音乐逐渐分离，形成了一种句子长短不齐的格律诗。五、七言诗句匀称对偶，表现出整齐美；而词以长短句为主，呈现出参差美。与整齐的五、七言诗相比，词在字句形式上更为活泼。

按长短规模分，词大致可分小令、中调和长调。一首词，有的只一段，称为单调；有的分两段，称双调；有的分三段或四段，称三叠或四叠。按音乐性质分，词可分为令、引、慢、三台、序子、法曲、大曲、缠令、诸宫调九种。按创作风格分，大致可以分成婉约派和豪放派。词还有词牌，即曲调之分，有的词调又因字数或句式的不同有不同的"体"。比较常用的词牌约 100 个。

从词的内容上看，晚唐、五代、宋初的词作多是流行于市井酒肆之间、宴前娱宾的遣兴之作。这期间词的题材还仅限于描写闺情花柳、笙歌饮宴等方面，往往极尽艳丽浮华，宋代初期的词一开始也是沿袭这种词风，追求华丽词藻和对细腻情感的描写。当时的词被认为是一种通俗的民间艺术，不登大雅之堂，语言上常常反映出口语的特色。随着文人创作的发展，词在宋代文学中占据越来越重要的地位，词的内涵也在不断地充实和提高。经柳永扩大了词的题材，到苏轼首开豪放词风，至辛弃疾达到高峰，宋词已经不仅限于文人士大夫寄情娱乐和表达儿女之情的玩物，更寄托了当时的士大夫对时代、对人生乃至对社会政治等各方面的感悟和思考。宋词渐渐跳出了歌舞艳情的窠臼，升华为一种代表着时代精神的文化形式，成为和诗歌具有同等地位的文学体裁。

宋词是中国古代文学皇冠上光辉夺目的一颗巨钻，也是汉语古典韵文的高峰之一，以其姹紫嫣红、千姿百态的丰神，历来与唐诗并称双绝，代表一代文学之胜。

《全宋词》共收录了流传至今的一千三百三十多位词家创作的将近两万首词作，共计一百四十余万字。从这一数字可以推想当时创作的盛况。词的起源虽早，但词的发展高峰则是在宋代，因此后人便把词看作是宋代最有代表性的文学，与唐代诗歌并列，而有了中国文学史上所谓"唐诗、宋词"的说法。

宋词的创作远从《诗经》、《楚辞》及汉魏六朝诗歌里汲取营养，又为后来的明清戏剧小说输送了有机成分。直到今天，宋词仍陶冶着人们的情操，给我们带来极高的艺术享受。

宋词中词汇的使用，一方面受到前朝历代文学传统的影响，另一方面，由于其在当时社会空前的普及程度，也接受了来自广大普通市民阶层的文化因素，而且这些变化又必然对后世的文学语言产生深远的影响。这些特点在宋词颜色词语的使用上都有明显的反映。相对于散文，作为韵文的宋词中颜色词语的运用更加丰富。不但是表达颜色的词语越来越复杂，而且还出现了许多由颜色词和名词构成的"含彩词语"，比如，"红尘""翠盖"。这些词语的意义有的仍与颜色有关，有的则通过隐喻或转喻的方式表达颜色义之外的其他含义。应该说，这些现象跟人们语言及思维中的隐喻或转喻机制密切相关，同时，这些机制在运作时最重要的基础就是中国从古至今的历史文化，以及一个时代特殊的社会心理。对于宋词中的颜色词，它们在使用中的句法功能是怎样的，它们在语义、语用方面有什么特点，以及它们在隐喻和转喻时的社会文化基础是什么，这些都是我们将要研究的问题。

总之，我们选取宋代词作这一特定时代的语言形式，希望对其中颜色词语的使用情况作细致的研究，分析其使用规律并归纳一些特点，以期为今后的颜色词研究、汉语词汇语义研究以及古典韵文中颜色词的使用特点研究提供一些有价值的参考。

第二节　语料来源与选取标准

《全宋词》是目前研究宋词最理想的语料选择。《全宋词》共收录了两宋词人1330多家，词作约2万首（约141万多字），能够反映宋词的基本面貌。而且《全宋词》本身是一个封闭性的语料库，便于统计归纳。

本书的研究材料来自网络的《全宋词》网上检索系统[①]，同时以唐圭璋、王仲闻、孔凡礼编纂的《全宋词》（中华书局1999年版）作为对照版本，以备查漏补缺。

---

① 《全唐诗》《全宋词》在线检索系统：http://www.oligood.com/oldpeasant/web/scind-ex.htm。

本书研究的颜色词是指表达颜色的词语，主要包括以下三类：

第一类　本义即表示颜色的词，如，黄、白、红、青、黑，等。

第二类　本义指某种事物，但常常用作表示某种固定颜色的词，只取其表示颜色时的用法。如，素、金、翠、黛、墨，等。

　　　　例1-1①千里乡关空倚慕。无尺素。（欧阳修《渔家傲》）

上例中的"素"表示其本义，即"没有染色的丝绸"。但宋词中的"素"也常用于形容白净的颜色，如，

　　　　例1-2 层波细翦明眸，腻玉圆搓素颈。（柳永《昼夜乐》）
　　　　例1-3 渐天如水，素月当午。（柳永《迎新春》）

第三类　本义形容光线亮度，而往往也同时表示颜色的类别，此时取其能够表示颜色时的用法。如，皓、皎，等。

当"皓"修饰"白"时，往往更突出"光明、明亮"之义，如，

　　　　例1-4 云容皓白。破晓玉英纷似织。（苏轼《减字木兰花》）

而当"皓"修饰名词如"月"、"齿"时，表示明亮义的同时也表示颜色义，如，

　　　　例1-5 情知道世上，难使皓月长圆，彩云镇聚。（柳永《倾杯·倾杯乐》）
　　　　例1-6 玉颜皓齿，深锁三十六宫秋。（刘潜《水调歌头》）

第三节　研究方法、工作流程和预期目标

（一）研究方法

（1）对颜色词在句中单独使用的情况进行分析时，主要采用句法成

---

① 例1-1表示第一章的例1，后续各章以此类推。

分分析和语义功能分析，对某些有特殊用法的颜色词还涉及语境和描写框架的分析。

（2）对颜色词构成含彩词语的分析，主要涉及语义构成和语义整合分析、语义的组合与聚合分析等；对含彩词语的语义进行分析时，主要从语义的隐喻与转喻手段、语用推理机制等方面，结合例句对颜色词在含彩词语中表现出的各类意义（包括颜色义、引申义、文化义等）进行细致的分析和解释。

（3）对每类颜色范畴系列中其他颜色词的梳理，主要依据客观事物的范畴化原型理论、语言词义中语义场理论以及义素分析方法进行分析和归纳。

（二）工作流程

（1）收集并列出语料中出现的颜色词，按色系分类，如，红色系：红、赤、朱、丹等。

（2）按关键词分别进行查询，穷尽性收集每个颜色词出现的所有词句。

（3）根据颜色词的使用情况进行分类，如，颜色词单用于句中的情况、构成含彩词语的情况。编制各种使用情况的频度统计表。

（4）对所有包含颜色词语的词句进行句法和语义组合分析。

（5）结合相关理论，分析颜色词语在宋词语言中的存在状态、使用特点以及与当时社会文化和人们认知特点的关系。

（三）预期目标

（1）对宋词中颜色词语的使用进行全面分析，包括句法分析、语义分析和语用研究，为古典文学语言中颜色词的研究提供新的成果。

力求对颜色词进行清晰的句法描写，总结归纳其在句法上的使用规律；

对颜色词的语义内容进行梳理分析，并从认知特点上对颜色词的语义内涵进行解释；

分析颜色词使用时的语用条件。颜色词的语用特点可能体现在每首词的独特意境上，也可能体现在创作者个人的主观性上，这些都是我们关注的内容。

如前所述，虽然对颜色词的研究渐渐成为人们关注的热点之一，但对于古典韵文中颜色词语的研究并不多，特别是从语言学角度作断代颜色词的研究尚属空白。这使我们对中国古典文学语言中颜色词语使用的情况和特性了解不多。我们希望通过对宋词中颜色词语的全面分析，发现其中颜色词语的使用特点和规律，加深人们对古典文学语言中颜色词语的语义构成和语义特性的认识，探讨从颜色词语上反映出的中国古典文学和美学的文化传统，进而丰富古典文学语言研究和宏观颜色词研究的成果。

（2）探索汉语词汇、语义研究的理论和方法。

在对宋词颜色词语的分析中，除了运用以往的成分分析法、语义场理论以及词义的组合与聚合分析以外，我们还尝试运用现代认知语言学的一些理论成果，主要涉及语言的隐喻和转喻、语言使用中的语用推理等理论。近年来，认知语言学理论以其高度的体验性和人类普遍认知的可感性，渐渐成为当代语言学研究中一个重要的理论背景。我们尝试运用这些理论来分析宋词中某些颜色词语的隐喻机制，探讨颜色与人的情感、社会心理、民族文化的关系，并尝试分析某些含彩词语语义形成的机制。希望本书的分析能有助于进一步探索和丰富汉语词汇语义研究的理论方法。

第二章

文献综述与相关理论阐释

第一节　文献综述

有关颜色词的研究文献数量很大，而且涉及诸多方面，包括人类语言颜色词的共性理论、汉外颜色词的对比研究、汉语颜色词研究等。众多论文研究的对象和视角也不尽相同，有的以某一历史时期的封闭语料为研究对象，有的则不分古今，只以汉语颜色词为论述对象；有的从传统语言学的语法语义角度分析语料，有的从语言和文化的关系入手分析颜色词蕴含的文化意义，有的从修辞角度分析颜色词在文学创作中的作用，还有的则在认知语言学等新的视角下分析颜色词的使用情况。下面选取与本书相关的文献分为"人类语言颜色词的共性研究和理论研究""以汉语颜色词为对象的研究""相关学位论文"和"有关宋词的研究"四部分分别进行综述。

一　人类语言颜色词的共性研究和理论研究

1969 年美国的两位语言学家柏林（Berlin）和凯（Kay）提出了基本颜色词理论。20 世纪 80 年代，国内一些学者将其进行了译介。

符淮青（1981）将柏林和凯对于颜色词的研究（Basic Color Terms, 1969）介绍到了学界①。

"Berlin 和 Kay 从取自各种语言的材料中提出了一个大胆的假设：存在一个由十一种颜色范畴组成的普遍集合（universal set），在这个普遍集合中，每一种语言可以有自己的子集合（subset）。这十一种颜色是按这

---

① 符淮青：《基本颜色词：其普遍性和发展》，《国外语言学》1981 年第 1 期。

样的顺序排列的：白、黑<红<绿、黄<蓝<褐<紫、桃红、橙、灰。符号<表示的次序关系（ordering relation）所代表的意义是：对于一种语言来说，[x] < [y] 表示：如果该语言中有颜色词 y，就必然也有颜色词 x。

在 Berlin 和 Kay 所提出的假设中还包含有"发展"的设想：上面按次序排列的词汇类型，表明一种历史发展阶段的固定顺序，一种语言的表示颜色的基本词汇增加时，必然通过这些顺序。

Berlin 和 Kay 提出的这个假设是基于以下两个重要假设：第一个假设是，区分"基本颜色词"和其他的次要颜色词是有道理的；第二个假设是，人们判断颜色的核心部分比判断它的边缘部分更容易，因此，应该根据颜色的核心部分而不是根据它的边缘部分来确定颜色的概念内容。

虽然实际材料中有一两个事实不符合 Berlin 和 Kay 的假设，但从整体看，Berlin 和 Kay 把颜色范畴视为"弱普遍性（weak universality）。所谓弱普遍性是和强普遍性（strong universality）相对的。后者系指每种语言共有的特点，前者系指每种语言只在一个普遍集合中占有一个子集合的那些特征。把颜色词看作弱普遍性，也就是不把它们看作是个别语言的特有的东西，而看作在整体上是全人类都共有的一个概念系统的一部分。"

伍铁平（1986）提出，由于颜色的多样化和颜色词的有限性，导致颜色词一定是典型的模糊词①。接着通过大量的实例分析了颜色词的模糊性所表现的几个方面，并指出这种模糊性也造成了词典编纂中给颜色词下定义的困难。

姚小平（1988）也对基本颜色词理论进行了评介，同时指出了这一理论与汉语基本颜色词的演变事实的不符之处②。文章提到，"1969 年，Berlin 和 Kay 提出基本颜色词（basic color terms）理论。该理论主张，人类语言具有十一个基本颜色范畴，各种具体语言中表示这些颜色范畴的基本颜色词虽然数量可以不等，但都遵循一种可分为七个阶段的普遍发生顺序。同时指出该理论与汉语基本颜色词的演变事实有不相符合之处，并从文化角度对颜色词产生和发展的某些事实作出解释。并强调，普遍的文化因素和具体民族的文化因素都有可能影响基本颜色词的产生和发展。基本颜色词理论过分强调了生理—物理因素的作用，而忽略了文化因素的作

① 伍铁平：《论颜色词及其模糊性质》，《语言教学与研究》1986 年第 2 期。
② 姚小平：《基本颜色词理论述评——兼论汉语基本颜色词的演变史》，《外语教学与研究》1988 年第 1 期。

用"。

吴世雄、陈维振、苏毅林等（2002）将模糊集合论运用于描述颜色范畴的相互依赖和融合状况①："所谓模糊集合论是由美国学者L. A. Zadeh 于 1965 年首先提出的。Zadeh 发现，人类思维和语言中都存在着'一种其界限不是泾渭分明地确定好的类别'，而且这种类别中的成员向非成员的过渡是一种连续的、逐渐递进的隶属关系。他把这种类别看作一个模糊集，提出用模糊集作为定量描述人类思维和语言中以及客观世界中存在的各种模糊现象的手段的一整套理论，即模糊集合论或模糊理论。因此，吴世雄等人的这篇文章讨论的重点并不在于颜色词，而只是以颜色词为例来论证模糊集合论把语义范畴看成是模糊集合的可行性。"

姚秋莉（2003）的《颜色词的语义认知与原型》一文，基于"颜色概念的获得包括感知—认知的过程"这一认识，分析了颜色词的语义认知和语义结构，包括焦点颜色及其认知心理过程、颜色范畴的模糊性、混合颜色等；接着探讨了颜色词的认知原型，包括"明"与"暗"、人类"看"的指称原型、视觉显著的环境原型、颜色认知的文化原型等，最后阐明了视觉显著的环境原型及不同文化的显著性为颜色的指称提供基本框架的观点②。

刘皓明、张积家、刘丽虹（2005）《颜色词与颜色认知的关系》认为③，"颜色词作为一个特殊词类，是探讨语言与认知关系的重要途径"。文章综述了国外颜色知觉和颜色词分类等领域的研究，重点介绍了有关颜色词与认知的两种理论：颜色词的普遍进化理论和语言关联性假设，总结了与这两种理论有关的一些最新研究进展，并对该领域研究提出一些新的思路，如研究颜色词的联想意义、颜色词与民族心理、复合颜色词的加工及对认知的影响、通感现象、颜色词的概念组织等。

李建东、董粤章、李旭（2007）《颜色词的认知诠释》采用认知语言学的方法表征，结合人类学、心理学、色彩学、神经生理学和对比语言学，探讨了颜色词的心智和生理基础。研究结果表明，"人对颜色的感知是视觉神经与大脑认知能力主客观结合的产物，说明看似客观的语言符号

---

① 吴世雄、陈维振、苏毅林：《颜色词语义模糊性的原型描述》，《福建师范大学学报》（哲学社会科学版）2002 年第 3 期。

② 姚秋莉：《颜色词的语义认知与原型》，《外国语言文学》（季刊）2003 年第 4 期。

③ 刘皓明、张积家、刘丽虹：《颜色词与颜色认知的关系》，《心理科学进展》2005 年第1 期。

实际上是人脑和语言机制的处理两者综合作用的产物"①。

二　以汉语颜色词为对象的研究情况

可以按研究视角分为以下六个部分：

1. 从颜色词与古代社会生产方式的关系来考察颜色词的产生构词来源。这类研究往往或者运用训诂学方法，结合《尔雅》《说文解字》《释名》等古代文化典籍，或者从古代的"阴阳五行"、"五色说"出发，来考证和解说汉语颜色词最初产生的来历和缘由，如，

张清常（1991）的《汉语的颜色词（大纲）》② 从卜辞金文、《尔雅》、《说文解字》说起，说明"随着社会发展，旧的淘汰，新的增加，汉语的颜色词和语由少到多，发展到现在数量相当可观"，并指出"汉语颜色词的产生和逐步发展丰富，是由于社会生产逐步发展兴旺而造成的"。此外，文章还谈到了正色间色观与社会文化发生关系，以及几种主流颜色与古代文化的关系，但准确地说，这里谈论的对象其实是颜色本身，而并不是作为语言符号的颜色词，这说明学者早年的研究还没有将颜色词与颜色有意识地分开。

许嘉璐（1995）《说"正色"——〈说文〉颜色词考察》一文中提到③，"古人'色'的类概念形成得比较晚，在相当长的时间里只注意具体的颜色。在甲骨文里，已经有了一些后世的颜色词（字），如白、赤、青、黄等，'黑'字则迄无确说。但白、赤等大多还不是颜色的专用字"。文章还详细介绍了古人关于"五色"、"正色和间色"的提法，以及五方、五行与五色的对应之说等。另外文章还指出，"语言文字里颜色词、字的增繁，即来源于生产力的发展，人对自然观察的深入和细化以及人对颜色的分辨力的逐渐增强和颜色观念增多"。

乔秋颖（1997）的《古代汉语色彩词的特点》一文指出④，"古代色彩词的第一个特点是名实不分，即在表示色彩的同时也表达了色彩所附着的实物；第二个特点是数量众多，区分细致，许多物质的每一种色彩都有

---

① 李建东、董粤章、李旭：《颜色词的认知诠释》，《天津大学学报》（社会科学版）2007年第9期。

② 张清常：《汉语的颜色词（大纲）》，《语言教学与研究》1991年第3期。

③ 许嘉璐：《说"正色"——〈说文〉颜色词考察》，《古汉语研究》（增刊）1995年。

④ 乔秋颖：《古代汉语色彩词的特点》，《徐州师范大学学报》（哲学社会科学版）1997年第3期。

一个名称，而每一种色彩由于所附实物的不同也被冠以不同的名称；第三个特点是色彩词与五方、五行相配。色彩词与五行、五方的对应关系虽有人为的牵强附会，却深深影响了中国政治文化的许多方面。这也是古代阴阳五行思想对语言的影响之一"。

刘烨（2000）的《现代汉语基本色彩词词形的非原生性——兼谈其与汉字的关系》[①] 一文，通过考察现代汉语中表示基本色的单音词汇成分，将白、红、绿、蓝、黄、紫、灰、黑确定为现代汉语基本色彩词。文章还指出，"所谓的现代汉语基本色彩词词形（字音、字形）的'非原生性'，就是指这些基本色彩词的词形最初并非用来负载色彩之义。更确切地说，上述八个现代汉语基本色彩词大都经历了从具体到抽象，从对表示具有某种色彩的事物名词的依附到成为专名的历史过程"。文章通过对古文献中颜色词的考察，发现现代汉语基本色彩词的词形最初都是用来承载表物之义的。只是随着人们认识的进步及语言的发展，它们才逐渐转为色彩专名。

潘峰（2004，2005，2006）连续三篇的个案研究，《释"白"》（《汉字文化》2004 年第 4 期）、《释"黄"》（《汉字文化》2005 年第 3 期）、《释"青"》（《汉字文化》2006 年第 1 期）颇具训诂学的特色[②]。

对于"白"，作者列举了各种造字来源的假说，并一一给予训诂学的考证分析。并根据现代汉语语义特征，结合各种辞书对"白"的释义，把"白"的各种语源所派生、引申的语义，作出了较为全面的归纳。

对于"黄"，作者结合古文字形进行了复杂细致的训释，还涉及现代与外来文化交汇的影响，最后将"黄"的语义内容从"色"、"质"和"性"三个方面进行了归结。

对于"青"，作者同样从古文字形出发，并考察了与之同源的多个汉字，指出"青"是个"文化词"，而并非开始就来作"颜色词"。最后文章还指出，"青"，有时候指绿色，有时候指蓝色，有时候是黑色。而"青"到底是什么颜色，是由它跟什么词组合，在什么情形下用来决定的，这说明"青"作颜色词使用时，是相当理性的。

---

① 刘烨：《现代汉语基本色彩词词形的非原生性——兼谈其与汉字的关系》，《汉字文化》2000 年第 1 期。

② 潘峰：《释"白"》，《汉字文化》2004 年第 4 期；《释"黄"》，《汉字文化》2005 年第 3 期；《释"青"》，《汉字文化》2006 年第 1 期。

李尧（2007）的《汉语颜色词的产生》一文，同样以分析古文字形为切入点，从色彩词的词形推知汉语色彩词的产生经历了两个阶段[1]："第一阶段：色彩词依附于具有色彩的事物名词。第二阶段：从事物名词中脱离出来聚合成类。并认为，这个过程是汉族先民对色彩的认知由自然到自觉的过程，也是人类思维发展抽象化的必然结果。"

此类文章还有不少，内容大同小异。在汉语颜色词的产生这个问题上，大多数学者有一个普遍的共识，即最初的颜色词来源于具有某种颜色的事物，然后经历了社会和语言的发展才成为普遍表颜色的词语，甚至直至现代，这种表示颜色的方式还在不断地为了表达新兴的颜色而被使用着。

2. 从颜色词和社会文化心理的联系来揭示汉民族的精神文化及其对颜色词的影响。此类文章有的从《说文》对颜色词的说解说开去，探讨民族文化与社会心理给颜色词带来的附加意义，或者也可称为联想意义、象征意义或文化意义；也有的从具体语料出发，分析颜色词所负载的文化内涵。

张旺熹（1988，1989）的两篇文章《色彩词语联想意义初论》和《色彩词语意义形成的社会因素》很具有开创性[2]。

前一篇文章首先提出，"色彩词语反映的色彩所引起的主体上的刺激特征，是以色彩的生理、心理效应及社会各因素对色彩的影响为基础的。联想意义正是在此基础上，通过联觉进行的一种特殊的往往又是下意识的联系而构成的意义内容。所谓'联觉'，就是由一种感觉引起另一种感觉的心理现象，这两种感觉之间之所以产生某种因果联系，那是由于色彩对人的生理、心理效应（如红色使人感到热烈，温暖）与色彩的社会价值（如红色在中国的革命意义）这两方而相互作用的结果。因此，色彩词语作为一种符号形式，在语言实践中往往反映了色彩的这种联觉特征所产生的意义内容，由此构成了色彩词语的联想意义"。

文章还提出，"色彩词语联想意义往往具有'双重语义'的特征，即原来对立的两个特征共存并表现在同一个文化层次的符号中，因而色彩词语作为文化层次的符号，就往往被赋予了特定的价值——正与反、善与

---

① 李尧：《汉语颜色词的产生》，《西南民族大学学报》（人文社会科学版）2007 年第 11 期。

② 张旺熹：《色彩词语联想意义初论》，《语言教学与研究》1988 年第 3 期；《色彩词语意义形成的社会因素》，《汉语学习》1989 年第 6 期。

恶、褒与贬共存于一个语言符号中，这样，对色彩词语联想意义来说，就有了'双重语义'特征。比如，'黄'可以象征'高贵'，有时又含有'衰败'的涵义"。

后一篇文章在前一篇提出颜色词联想意义的基础上，具体深入地探讨影响色彩词语意义形成的各种社会因素，共分析出四个方面的因素，包括：民族因素、社会生活观念因素、文化传统因素以及个人因素。

于逢春（1999）的《论汉语颜色词的人文性特征》一文[①]，从文化语言学的视角观察发现，"社会生活和生产实践决定了颜色词的喻体取向和数量，它的产生和发展离不开使用该语言的民族及其历史，也决定于该民族的风土人情、宗教信仰、思维定式和生产、生活条件"。文章进一步指出，"汉语颜色词的人文性特征，首先在造词上表现为借物呈色手法的运用，它是由汉民族思维的具象性和直觉性决定的；其次，它还表现为独特的柔性。这主要表现在汉民族对'对称同构'的偏爱上，这种对称具有一定的耗散性并可以做到能量的转化；再次，它也反映了汉民族的审美意识。这种审美意识在造词（字）上表现出一种静态的美，在具体使用中则表现了色彩的动态美"。

陈良煜（2002）的《历代尚色心态的变异与汉语构词》一文[②]，通过对我国历代尚色心态变异的阐述，指出这种变异不仅深刻地影响着社会生活，并直观地反映在汉语语汇上。文章说明，"由颜色所表现出的吉凶、贵贱、利害等心理趋向和道德选择，大多数受到封建制度对颜色界定的影响。在封建等级中，位于尊贵者的颜色，在民俗中大抵显示出吉利趋向；而在封建等级中处于卑贱的颜色在民俗中并不显示出凶害趋向。随着封建制度的消亡，有关封建迷信的词条已大部分消亡，但作为一种久远的文化现象积淀，民俗中的颜色迷信将仍会继续发展和存在下去，并继续对汉语词汇以一定的影响。"

李春玲（2003）的《汉语中红色词族的文化蕴含及其成因》认为[③]，"在汉语的颜色词族中，红色词族是文化蕴含最为丰富的一个词族，直接源于中华民族的尚红习俗。而这一习俗的形成主要有两大原因，一是自然

---

① 于逢春：《论汉语颜色词的人文性特征》，《东北师大学报》（哲学社会科学版）1999 年第 5 期。

② 陈良煜：《历代尚色心态的变异与汉语构词》，《青海师范大学学报》（哲学社会科学版）2002 年第 3 期。

③ 李春玲：《汉语中红色词族的文化蕴含及其成因》，《汉字文化》2003 年第 2 期。

崇拜，一是受五行、五方、五色、五德等学说的影响。汉语中的红色词族也因此而具有了远远超越于它们的自然属性之上的浓郁的人文色彩。"接着分别对具有典型意义的"赤"、"朱"、"丹"、"红"进行了论述。最后文章指出，"汉语中的红色词族之所以具有如此丰富的文化蕴含和如此旺盛的生命力，正是因为红色在中国人的心目中既拥有尊贵正统的政治地位，又兼有避邪除秽的民俗魔力，同时还洋溢着吉庆祥瑞的喜庆色彩，这三大人文特征如同三个支柱，稳固地支撑着红色，使红色成为历久不衰的国色。文章还认为，"事实上汉语中的红色词族已经成为中国文化的一个缩影。"

衣玉敏（2003）的《"黑"的"颜"外之意》针对颜色词"黑"，从《说文》时代直到现代网络，考察了"黑"的"颜"外之意，发现以颜色意义为基础，人们通过联想、比喻和引申，不断给这个词增加着新的义项。在这个过程中同时反映出了人们思维发展的过程和社会发展对词语意义的影响①。

王玉英（2006）《颜色词"青"及其国俗语义探析》同样也是个案研究②。文章谈到，"'青'在汉语中是个比较活跃的词，无论指颜色还是指文化，都显示出它的独特性，表现在'青'的多义性和模糊性。根据汉语'青'的使用范围及语义所指和表达，'青'作为颜色词，可以指绿色、蓝色、黑色和白色。而'青'的国俗语义大多数都是通过相关事物联想引申而来，带有明显的民族特点，与"青"搭配构成的词语具有丰富的国俗语义和修辞联想色彩。这不但丰富了汉语的词汇，而且也扩大了词语的使用范围。"

章彩云（2006）的《从文化学视点看颜色词的辅助附加转义》中把颜色词具有的多种联想意义称为"辅助附加转义"，其实是一个意思③。文章认为，"受一定民族文化传统的影响，颜色词存在着某些辅助附加转义，显示着丰富的感情色彩和文化内涵"。还提到，"同一颜色词在不同民族里，其附加转义存在着不对应或相去甚远的现象，并举出大量实例加以证明"。另外，文中的某些论述与我们的论文有些关系，如指出，在汉

---

① 衣玉敏：《"黑"的"颜"外之意》，《修辞学习》2003 年第 6 期。
② 王玉英：《颜色词"青"及其国俗语义探析》，《修辞学习》2006 年第 5 期。
③ 章彩云：《从文化学视点看颜色词的辅助附加转义》，《湖北教育学院学报》2006 年第 6 期。

语古诗词里，颜色词常带有很大的模糊性，经常"变色"。"绿云"指女子美丽乌黑的头发。这种由于视觉本身的通感变色而造成的颜色词所指意义与语用意义的不对应在汉语中相当普遍，在其他语言中也并不鲜见。

陈艳阳（2008）《汉语颜色词的文化分析》对汉语中常用的红、黄、白、黑、绿五种颜色词的文化涵义演变进行了历时的分析和探讨，特别分析了近几十年来，科学的发展、社会的变革及人际关系的调整，给汉语颜色词带来的丰富的社会文化内容以及大量的新词新语新义，并从中透视古老的民族文化，观照时代的变迁①。

翟艳（2008）《浅析汉语色彩词文化》仍然是从汉语色彩词的产生和发展为出发点分析了汉民族色彩词所蕴含的五行五方观和尊卑等级观，以及随着社会的发展，色彩词所具有的现代社会文化内涵②。

由此我们不难发现，此类研究的文章泛泛而谈的多，而且多为泛时，即古今不分。但实际上，颜色词所蕴含的文化涵义或联想意义，从古至今虽有传承，但今天的颜色词更增加了许多内涵，与古代汉语相比其实已显出很大不同。因此，以某一特定时期的文献为语料，以当时的社会文化环境为背景的颜色词研究既可以观照来自前代的文化传统，又能够发现特定历史时期对当时颜色词使用的影响，这样的研究能够帮助我们理出一个有关颜色词联想意义更清晰的发展脉络。

3. 从词汇、语法、语义学角度探讨汉语颜色词的词汇系统、语义关系及语法特点

符淮青（1988，1989）的两篇文章《汉语表"红"的颜色词群分析》（上、下），上篇根据辞书古注的训释，对有关古文献中表"红"的颜色词群做过一些精辟的论述，指出古汉语中表"红"的词主要是由多个不同来源的单音节词组成。下篇则针对现代汉语的情况，指出现代汉语表"红"的颜色词群同古汉语有很大的不同，并从组成词群的词的构成、意义内容、意义关系和词的语法性质等几方面说明，现代汉语中表"红"的颜色词群主要是用从古汉语中接受下来的词"红"作为词根，派生出一大群合成词（如，红色、大红、绯红、红艳艳等），它们组成了以

---

① 陈艳阳：《汉语颜色词的文化分析》，《宜春学院学报》2008 年第 2 期。
② 翟艳：《浅析汉语色彩词文化》，《安徽文学》2008 年第 8 期。

"红"为核心的同族词群①。

石毓智（1990）的《现代汉语颜色词的用法》中②，按照能否用程度词"有点、很、太、十分、最"分量级，把现代汉语单音节的颜色词分为两类：能用程度词分量级的叫非定量词，不能用程度词分量级的叫定量词。接着通过统计词频和分析颜色词与其他词的组合方式，得出结论："非定量颜色词的语义范围宽，所以它们的句法格式多，定量的语义范围窄，它的句法格式受到了极大的限制。并认为，这说明语义范围越广的词，句法也就越丰富；语义范围越窄的词，句法的限制也就越大。"

杨漩（1995）《谈颜色词的构成及语法特点》一文③，从颜色词的构成入手，分析了颜色词的构成与语法功能的对应关系，并得出结论："汉语颜色词基本上可以归属形容词和名词；颜色词的构成与其语法功能有一定的对应关系。"事实上，从作者选取的语料来看，这只是就现代汉语的情况得出的结论。

高永奇（2004）在《现代汉语基本颜色词组合情况考察》中，通过统计语料库对汉语基本颜色词相互之间能否组合、组合的顺序以及组合后表示的意义进行了考察④。

潘峰（2004）的《〈尔雅〉时期汉语颜色词汇的特征》认为⑤，"上古中时期的汉语基本颜色词汇的特征在《尔雅》时期得到了具体反映，其中的颜色词汇具有比较突出的特征。"通过分析发现，《尔雅》时期"五色"专名和"紫、蓝"专名已出现，且"非色彩信息"、含"色彩的物名词"也进入了"表色"词汇系统，丰富了颜色词汇的表色能力；而且这一时期的颜色词，有的有多个近义词或下位词，用来指借、描绘事物，有的词汇意义开始泛化。

李红印（2004）的《汉语色彩范畴的表达方式》以现代汉语为研究对象，从词汇和句法两个层面分析了现代汉语中色彩范畴的表达方式和规

---

① 符淮青：《汉语表"红"的颜色词群分析》（上、下），《语文研究》1988 年第 3 期，1989 年第 1 期。

② 石毓智：《现代汉语颜色词的用法》，《汉语学习》1990 年第 3 期。

③ 杨漩：《谈颜色词的构成及语法特点》，《贵阳师专学报》（社会科学版）1995 年第 2 期。

④ 高永奇：《现代汉语基本颜色词组合情况考察》，《解放军外国语学院学报》2004 年第 1 期。

⑤ 潘峰：《〈尔雅〉时期汉语颜色词汇的特征》，《湖北成人教育学院学报》2004 年第 3 期。

则①。研究表明，"在词汇层面，现代汉语主要通过'辨色词'、'指色词'和'描色词'三类颜色词来表达色彩范畴；在句法层面，三类颜色词通过与其他词的组合来分辨色彩、指称色彩和描绘色彩，进行色彩表达。文章还通过大量例句展示了三类颜色词表达色彩范畴的具体方式和规则。总的来看，三类颜色词在句法层面表达色彩范畴时，描色词只描绘色彩，不分辨、指称色彩，表达功能单一；辨色词和指色词可以分辨色彩、指称色彩和描绘色彩，表达功能多样。"

李尧（2004）的《汉语色彩词衍生法之探究》一文②，分析了汉语色彩词从依附实物名词，到抽象为独立表色以后，在已有的单音节色彩词的基础上，从简单到复杂衍生的方法。大致有七种：借物法、比况法、组合法、修饰法、通感法、重叠法、外来法。但从文中的举例来看，描述的情况仍然没有区分古今。

潘峰（2006）在《现代汉语基本颜色词的超常组合》一文③中描述，"现代汉语言语实践中，基本颜色词能与所有名词或动词组合，可以受词组或短语修饰，其色彩语义或保留或消失。并通过对大量实例的句法、语义分析指出，这些颜色词以扩散性的联想意义为联结而进行语义泛化或结构类推成词，并具有系统性、对举性、概括性特征。"

潘峰（2008）的《现代汉语基本颜色词素仿词造词法探微》一文④，选取仿词造词这一问题进行深入研究，认为"现代汉语基本颜色词素仿词造词是现代汉语产生新词的重要途径。通过对实例的词法结构及语义的分析，总结出，从仿造词和原型词的构词形式来看，有仿构造词法；从意义上看，有仿义造词法；此外，还有修辞式仿法和不定量仿词法。"并指出，"这些造词法有相交或重复之处，且具有很强的传递性，往往形成系列词或词族"。

苏向红（2008）的《新兴颜色词语的特点及其成因》⑤ 注意到，"随着当代科学技术的不断发展以及人们对于色彩的不断认识，越来越多的新

①　李红印：《汉语色彩范畴的表达方式》，《语言教学与研究》2004 年第 6 期。

②　李尧：《汉语色彩词衍生法之探究》，《扬州大学学报》（人文社会科学版）2004 年第 9 期。

③　潘峰：《现代汉语基本颜色词的超常组合》，《黄冈师范学院学报》2006 年第 10 期。

④　潘峰：《现代汉语基本颜色词素仿词造词法探微》，《长江大学学报》（社会科学版）2008 年第 2 期。

⑤　苏向红：《新兴颜色词语的特点及其成因》，《修辞学习》2008 年第 4 期。

造颜色词语应运而生。"而且发现，"新兴颜色词语具有色彩名称的迷幻化、色彩层次的丰富化、颜色品质的时尚化等特征，在汉语新兴词语中独树一帜。"文章还探讨了新兴颜色词语在词汇系统、构词方式、造词方法等方面的特点及其成因。

4. 从修辞学角度分析颜色词运用的特点及其在文学创作中的重要作用

周延云（1994）《文艺作品中色彩词的言语义初论》一文①认为，"色彩词除了代表具有某种色彩的客观事物以外，还能够表达某种特定的情感，有时还具有临时的象征意义。并以文学语言实例说明，在文学创作中灵活地选用色彩词，能够提高言语表达效果，形象逼真地反映丰富多彩的社会生活。对读者来说，领悟文学作品中色彩词的言语义，可以提高审美能力和审美情趣，并从中获取审美快感。"

辛晓玲（1996）的《色彩词的修辞》一文②中谈到，"在语言实践中，色彩词的修辞除了被广泛地用于比喻、比拟等修辞艺术外，还包括许多方面"，并结合大量实例描述了色彩词的摹色、衬托和对比使用、转类、夸张、移就、象征和暗示等色彩修辞手段。

潘勃（1996）的《色彩词的借代表意》③认为，"颜色词在古诗文中可以通过借代表示方位、尊卑、褒贬，可以寄托感情、表示季节等，运用颜色词借代表意可以使表达形象洗练、充满活力。"

徐玉如（1997）的《古代诗词与色彩词》④举例说明了诗词中运用冷色可以给人朴素、沉静、含蓄、凄清的感觉，运用暖色可以给人兴奋、活泼、热烈、喜悦的感觉，而冷暖相衬能起到对比鲜明、突出意境的作用。

李安扬（1998）的《诗词中色彩词运用管见》⑤也从修辞的角度分析了色彩词在诗词中的几个明显的特点，即"一般都具有模糊性、可表示某种背景或人物的某种身份、可用来渲染、烘托气氛"等。

祁琦（2000）的《颜色词在诗歌中的修辞功能》一文⑥认为，"在诗

---

① 周延云：《文艺作品中色彩词的言语义初论》，《东方论坛》1994 年第 3 期。
② 辛晓玲：《色彩词的修辞》，《社科纵横》1996 年第 1 期。
③ 潘勃：《色彩词的借代表意》，《修辞学习》1996 年第 1 期。
④ 徐玉如：《古代诗词与色彩词》，《修辞学习》1997 年第 4 期。
⑤ 李安扬：《诗词中色彩词运用管见》，《江汉大学学报》1998 年第 2 期。
⑥ 祁琦：《颜色词在诗歌中的修辞功能》，《武汉交通科技大学学报》（社会科学版）2000 年第 3 期。

歌中恰当地使用颜色词，能够比较充分地传达作者的美感经验。"文章通过诗歌的创作实例，从修辞学的角度阐述了颜色词在诗歌中的八种功能，包括比喻手段、衬托手段、夸张手段、词性活用手段、通感手段、表达情感倾向、表达象征意义和色彩变异。

叶军（2001）的《论色彩词在语用中的两种主要功能》① 通过对语言实例的分析，认为色彩词的语用功能主要体现在两个方面："一是表现客观色彩的功能，并称之为'敷彩功能'；二是传达认识主体主观感受的功能，称之为'表情功能'。"

刘艳平（2007）的《漫谈借代词语中起借代作用的颜色词》分析了在语言实际中起借代作用的颜色词（主要是含"赤"、"红"、"白"、"苍"、"青"的颜色词)②。根据起借代作用的颜色词的位置，作者把这类借代词语共分为整体式、前代式、后代式、前后代式四种类型，并对各种情况下借代词语的差异和特点进行了分析。文中还通过实例说明，颜色词除了具有固定借代义外，还会产生临时借代用法。文章鼓励学界加大对颜色词借代性质的研究力度，将会对拓宽当前颜色词和借代词语的研究大有帮助。

李峰（2007）的《论色彩在文学意境创造中的美学意义》③ 认为，"在文学作品中，利用色彩词来营造氛围，创造境界是十分有效的表现方法"，"文学作品中的色彩不仅承载着悠久而深厚的历史文化内涵，也是作家思想感情的物化形态，反映出个人的艺术品味和美学追求"。文章通过造境、抒情、写意、造型几个角度，分析了色彩词在文学意境创造中的价值和作用并探寻其独特的美学意义。

5. 认知语言学视角下的汉语颜色词研究

陈建初（1998）的《试论汉语颜色词（赤义类）的同源分化》一文④，选取古汉语中赤义类颜色词为研究对象，对这一类颜色词的孳生情况加以考察，系联由赤义类颜色词孳生的同源词，并引入认知语言学的观点和方法加以分析论证，将它们纳入同一孳生系统，看成是由赤义类颜色

---

① 叶军：《论色彩词在语用中的两种主要功能》，《修辞学习》2001 年第 2 期。
② 刘艳平：《漫谈借代词语中起借代作用的颜色词》，《贵州教育学院学报》（社会科学版）2007 年第 2 期。
③ 李峰：《论色彩在文学意境创造中的美学意义》，《西南民族大学学报》（人文社会科学版）2007 年第 11 期。
④ 陈建初：《试论汉语颜色词（赤义类）的同源分化》，《古汉语研究》1998 年第 3 期。

词孳生出来的一个同源词族。最后得出结论，"语言范畴可以通过认知心理去解释；同一语言范畴中的各个成员之间可以是一种模糊相似的关系。"

陈家旭、秦蕾（2003）的《汉语基本颜色的范畴化及隐喻化认知》一文①，对汉语中与人类生活密切相关的六种基本颜色词（黑、白、红、黄、绿、蓝）的范畴化及其隐喻化认知进行了探讨。作者认为，"基本颜色词隐喻认知也是人类认知世界的一个重要的工具。范畴并非是对客观现实的被动反映，它是通过我们的身体及心智对真实世界的特性进行能动处理的结果；在客观现实因素之外，更有生理、心理、文化因素的作用。因此，颜色词语反映的色彩所引起的主体上的刺激特征，也是以颜色的生理、心理效应及社会文化各因素对颜色的影响为基础的。"

李燕（2004）的《汉语基本颜色词之认知研究》② 从认知语言学的观点出发，讨论了汉语基本颜色词的语义结构特征，从而论证了多义现象产生的认知理据，以及转喻和隐喻在形成复杂的相关范畴网络过程中所起的决定性作用。

吴杨（2006）在《隐喻认知模式在古典诗词中的运用》③ 中，首先介绍了隐喻认知理论是认知语言学和修辞中的一个重要理论，这一理论用在文学创作中，便形成了文学隐喻。古典诗词隐喻认知模式有多种多样，这篇论文即以隐喻理论为基础，结合中国文化背景来分析古典诗词的隐喻认知模式，并从认知语言学的角度对中国古典诗词进行了解读。

张积家、段新焕（2007）的《汉语常用颜色词的概念结构》④，采用自然分类和多维标度的方法，研究了汉语常用颜色词的概念结构。结果表明，"汉语常用颜色词的语义空间具有按原型分布的特点。常用颜色词的概念结构有三个维度：1. 彩色/非彩色；2. 暖色/冷色；3. 颜色的互补和对比。"整个研究还表明，"人们对颜色认知既受光波的物理属性和人眼的生理特性影响，又会受到语言和社会文化的影响。"

---

① 陈家旭、秦蕾：《汉语基本颜色的范畴化及隐喻化认知》，《河南师范大学学报》（哲学社会科学版）2003 年第 2 期。
② 李燕：《汉语基本颜色词之认知研究》，《云南师范大学学报》2004 年第 3 期。
③ 吴杨：《隐喻认知模式在古典诗词中的运用》，《徐州教育学院学报》2006 年第 9 期。
④ 张积家、段新焕：《汉语常用颜色词的概念结构》，《心理学新探》2007 年第 1 期。

范晓民 崔凤娟（2007）《颜色词的认知研究》① 从认知范畴的模糊性出发，阐释了颜色词的模糊性，并通过对隐喻和转喻两种重要认知模式的论述，展现了颜色词多义现象产生的根源，最后指出"颜色作为基本范畴，借助这两种认知模式发展了众多的引申意义"，并从认知语言学的观点探讨了颜色词更容易使人理解其内涵。

乔丽娟（2008）的《认知原型视角下的颜色词研究》一文②，着重从认知原型的角度对颜色词进行了研究。首先，基于原型理论，探讨了基本颜色词及其特点；其次，追根溯源，剖析了基本颜色词的指称原型、环境原型和文化原型，并指出正是这些原型为人们认知基本颜色提供了框架。

6. 其他。此类文章因数量不多而不易归类，但都给我们的研究带来了一定启示

李红印（2003）的《颜色词的收词、释义和词性标注》一文③，着重从词典编纂的角度，分析了"红""黄""黑""白"等颜色词的收词、释义和词性标注问题，并提出了相应的改进意见。

［韩］金福年（2004）的《不同性别表达者选用汉语颜色词的差异》④ 主要采用抽样调查方法，考察了不同性别表达者选用汉语颜色词时，在结构类型方面的特性，并从生理、心理等方面探讨了一些原因。

陈曦、张积家、舒华（2006）在《颜色词素在词义不透明双字词中的语义激活》⑤ 中，运用心理学测试的方法，对颜色词素在词义不透明双字词中的语义激活进行了研究。结果表明，"词义不透明双字词的词素与整词之间存在着心理资源竞争，表现出相互抑制的关系，它们的力量对比随时间变化而改变，呈现出此消彼长的趋势。"研究还表明，"多词素词中的词素加工，不仅受词素结构影响，也受词素本身性质影响。由于对颜色词素的加工既涉及语义系统，也涉及知觉系统，所以虽然其在多词素词中处于附加词素的地位，也具有加工上的优势。"

---

① 范晓民、崔凤娟：《颜色词的认知研究》，《大连海事大学学报》（社会科学版）2007 年第 12 期。

② 乔丽娟：《认知原型视角下的颜色词研究》，《齐齐哈尔医学院学报》2008 年第 6 期。

③ 李红印：《颜色词的收词、释义和词性标注》，《语言文字应用》2003 年第 5 期。

④ ［韩］金福年：《不同性别表达者选用汉语颜色词的差异》，《修辞学习》2004 年第 1 期。

⑤ 陈曦、张积家、舒华：《颜色词素在词义不透明双字词中的语义》，《心理科学》2006 年第 6 期。

丁石庆、王彦（2006）的《国内色彩词研究中的问题与思考》一文①，根据作者所掌握的相关材料，总结了国内现有色彩词研究中存在的问题，并通过对这些问题的思考提出了许多有价值的建议。

解海江（2008）的《汉语基本颜色词普方古比较研究》②运用编码度理论和汉外、汉语普方古综合比较的研究模式，讨论汉语的基本颜色词。结论为，"上古汉语比现代汉语普通话和方言的基本颜色编码度低，现代汉语普通话与方言、方言与方言之间的基本颜色编码度，既存在共性也存在差异，并认为这是汉语颜色词的历史传承、变异和认知发展而导致的词汇创新造成的。"

三　相关学位论文

由于学位论文的篇幅优势，在研究内容上往往比一般的学术文章更为全面和丰富，因此单列一小节。

（一）语言学角度的本体研究

李尧的《汉语色彩词研究》③，首先归纳了色彩词产生经历的两个阶段。第一阶段：色彩词依附于具有色彩的事物名词；第二阶段：从事物名词中脱离出来聚合成类。接着从历时的角度探寻出色彩词衍生的七种方法：借物法、比况法、组合法、修饰法、通感法、重叠法、外来法。又根据色彩词的语法功能确定了它的四种词性：名词、形容词、动词、副词。用静态的方法揭示出词义所具有的词汇共性特征：客观性、概括性、民族性、模糊性；用动态的方法揭示出它们所具有的专有个性特征：色彩义的丰富性、主观性、变动性、象征性；并通过作家莫言运用色彩词的特点分析了它在文学中的作用：绘色赋形、凸显主体意识、实现文学象征。

于海飞的《色彩词研究》④，借鉴了光学、民俗学、美学、语义学、比较语言学等学科的研究成果，对色彩词进行了多角度的论述。从色彩词的范围、特点、文化内涵、语用功能、修辞等几个角度对语言中的色彩词进行了比较系统的论述。

---

① 丁石庆、王彦：《国内色彩词研究中的问题与思考》，《湖北民族学院学报》（哲学社会科学版）2006 年第 5 期。
② 解海江：《汉语基本颜色词普方古比较研究》，《语言研究》2008 年第 7 期。
③ 李尧：《汉语色彩词研究》，硕士学位论文，南京师范大学，2002 年。
④ 于海飞：《色彩词研究》，硕士学位论文，曲阜师范大学，2003 年。

［韩］金福年的《现代汉语颜色词运用研究》[①] 立足于修辞学理论，并与语言学、社会语言学、文学等学科理论相结合，对现代汉语颜色词在运用中所表现出来的各种特殊的修辞现象、修辞手法及其规律进行了较为全面的研究。

龙丹《汉语颜色类核心词研究》[②]，运用语义场理论和历史比较语言学的理论，对汉语中五个颜色类核心词（"黑"、"白"、"红"、"黄"、"绿"）进行了系统的研究。首先通过文字、音韵等知识，对汉语中这五个核心词的早期形式进行构拟，并系联各个词族，然后运用汉藏历史比较语言学理论，对"黑、白、红、黄、绿"五个核心词的早期语音面貌和语源进行了探讨，为汉藏比较语言学提供了很有价值的语料。

张丽的《上古汉语颜色词概述》[③] 综述性较强，其中对上古颜色词的面貌、特征、产生机制和背景及其与文化的关联等问题做出了一个大体的描述和概说。第一章主要根据语义，对颜色词的语义进行了梳理；第二章对颜色词产生方式和构形方式稍作了归纳，并对表颜色形声字中的同类和右文同源等现象进行了分析；第三章概述了颜色词的发展及其与历史背景和社会文化的关系。

于慧婧的《现代汉语基本颜色词研究》[④] 以基本颜色词为研究对象，结合语义和语用理论，运用归纳法、例举法等，对现代汉语基本颜色词进行了系统分析。首先界定了现代汉语基本颜色词为白、黑、红、黄、绿、蓝、紫、灰。然后，以这八个基本颜色词为语义场，对基本颜色词的下位词进行层级分类和构词法分析。最后分别分析了八个基本颜色词的文化内涵，并对它们的语义特点和语义来源进行了论述。

侯立睿的《古汉语黑系词疏解》[⑤]，以古汉语黑系颜色词作为研究对象，经全面系统地考察，审定出古汉语黑系颜色词151个，其中单音节词80个，双音节词45个，三音节词24个，四音节词两个；然后按其产生来源分为八类，坚持文化与训诂、历时与共时相结合的原则，对划分出的每类黑系颜色词（包括单纯词和合成词）逐个进行疏解，并揭示其命名

---

① ［韩］金福年：《现代汉语颜色词运用研究》，博士学位论文，复旦大学，2003 年。
② 龙丹：《汉语颜色类核心词研究》，硕士学位论文，华中科技大学，2005 年。
③ 张丽：《上古汉语颜色词概述》，硕士学位论文，四川大学，2007 年。
④ 于慧婧：《现代汉语基本颜色词研究》，硕士学位论文，辽宁师范大学，2007 年。
⑤ 侯立睿：《古汉语黑系词疏解》，博士学位论文，浙江大学，2007 年。

特点、语义及其形成过程、文化内涵、每个成员的共同特征和区别特征等。

贺子晗的《"灰"族词语中"灰"的意义分析》[1]，将"灰"族词语作为研究对象，先对"灰"字的意义进行溯源，指出"灰"字意义发展的基本概况。接着从意义引申方式以及隐喻转喻角度对"灰"意义的引申进行了分析。然后在此基础上，指出"灰"在意义上的特点，并从中国色彩观、色彩心理学等角度对汉语"灰"的意义特点及形成的原因进行了阐释。

程江霞的《李贺诗歌色彩词（语素）研究》[2]，将语言学和诗学相结合，把语言学的理论纳入李贺诗歌美学的研究中，同时运用传统的词汇语义学方法和现代的认知语言学相关理论，对李贺诗歌色彩词语的精妙进行了分析。文中既分析了"黑、白、红、黄、青、绿、蓝、紫、灰、褐"这几个基本的显性色彩词，也尝试分析了诗歌中的隐性色彩词；同时，既结合具体语境分析色彩词的意义，又进一步研究了色彩词在句法使用上的特点和动因。

李海霞的《〈全唐诗〉颜色词语研究》[3]，首先考察了唐诗颜色词语句法功能与语义的关系、语义的对立与交叉、语义分层的静态、动态发展等情况并提出了颜色词语义三阶段说。其次探讨了《全唐诗》颜色词语的修辞手段。接着考察了唐诗颜色词语国俗语义、审美词场、意念与取象结构等内容。最后结合感觉认知研究，探讨了唐诗中颜色词的感知、情绪情感和隐喻三个方面的认知情况。

孙钰的《苏轼词的颜色词研究》[4] 通过对苏轼词作中颜色词的研究，重点分析了苏轼运用颜色词的规律，并结合语境等因素探讨了颜色词的语用功能。

（二）结合文化的研究

黄霞的《论汉民族文化对汉语色彩词的影响》[5]，通过例举有色彩含义的事物（如丝帛等）专有名称及相应的基本色彩词，分析了基本色彩

① 贺子晗：《"灰"族词语中"灰"的意义分析》，硕士学位论文，广西师范大学，2008 年。

② 程江霞：《李贺诗歌色彩词（语素）研究》，硕士学位论文，北京师范大学，2008 年。

③ 李海霞：《〈全唐诗〉颜色词语研究》，硕士学位论文，西南大学，2008 年。

④ 孙钰：《苏轼词的颜色词研究》，硕士学位论文，北京师范大学，2009 年。

⑤ 黄霞：《论汉民族文化对汉语色彩词的影响》，硕士学位论文，内蒙古大学，2004 年。

词是在"借物呈色"思维方式的影响下，由有色彩含义的事物专有名称
演变而来的事实；并以含有褒扬、贬抑语义的合成色彩词为例，说明了汉
民族"意向性"思维方式对合成色彩词的影响；以取食物、金属、自然
界景物作比的合成色彩词为例，说明了汉民族"取象类比"思维方式对
合成色彩词的影响。论文还在区分色彩词隐喻意义与色彩语素隐喻意义的
基础上，通过分析色彩词的多元隐喻意义及其中的语义对立现象，阐述了
汉民族文化对色彩词语义的影响。所得出的结论是："汉民族文化尤其是
它所包含的独特的思维方式对汉语色彩词的构造、语义具有重要的影响。
由此提出了一种从思维方式作用于词语含义和构造的角度来探讨文化如何
影响语言的研究思路。"

　　黄有卿的《汉语颜色词的文化含义》[①]，以现代汉语中的基本颜色词
"红、黄、绿、白、黑"等为例，阐述了不同颜色词产生的历史背景和固
定含义，并对汉文化中不同颜色的文化象征意义做了一些阐述。

　　（三）结合文学的研究

　　此类论文往往从作品中的颜色意象出发，从文学艺术和美学的角度对
作品中体现的审美特点和文化意蕴进行分析。有时一个颜色意象可能并不
是由一个颜色词来体现的，因此此类论文的重点并不在于颜色词本身，但
其中对于色彩敏锐的捕捉往往能给我们的研究提供某些灵感。

四　有关宋词的研究

　　1. 从文学角度研究宋词的意境，以及某种特殊的意象，如：

　　沈燕（2006）的《"水满平湖香满路"——论唐宋词中的香世界》[②]
认为，"唐宋词虽然历来被人们称作'香艳'的文体，但是学界对于'香
艳'的解释还仅仅局限于词为'艳'科，对于香气在唐宋词中的作用并
未作深入研究。"于是论文以唐宋词中的香意象作为研究对象，以温庭
筠、李清照、姜夔三人为例分析了在不同的时代背景下，不同词人如何以
自己的风格将香意象融入词中，从而概括出香意象在唐宋词中基本的表现
形式。另外，论文还指出香意象与其他意象在唐宋词中的叠加对词境产生
的影响。最后，论文从审美层面上审视了香意象给唐宋词带来的朦胧之

---

　　① 黄有卿：《汉语颜色词的文化含义》，硕士学位论文，天津师范大学，2006年。
　　② 沈燕：《"水满平湖香满路"——论唐宋词中的香世界》，硕士学位论文，苏州大学，
2006年。

美、缺失之美以及流动之美。

梁欢华（2005）《"志不在鱼"——宋词渔钓意象研究》① 一文，以宋词中的渔钓意象作为研究对象，通过对宋代以前文本中的渔钓意象发展概况的梳理、宋词渔钓意象的概况、宋词渔钓意象组合以及宋词渔钓意象的深层分析这几个方面来论述作为诗歌意象的渔钓"志不在鱼"的丰富蕴涵。

类似的学术文章还有许多，在此不再一一列举。

2. 讨论前代的文学形式对宋词创作的影响，这类文章也大多从文学分析的角度入手，如：

张福州（2008）《"花间"对宋词的影响研究》② 认为，"花间词整体的风格趋向于绮丽浓艳，但花间词人其实较早已将目光和笔触伸向了咏史、边塞、渔隐、田园等题材，题材上显示了巨大包容性；同时，花间词在艺术上所具有和确立的以艳为美的审美特质则直接影响、规范了婉约词的创作和评论，奠定了婉约词在词中的主流地位。因此，花间词题材的开拓性拓展了宋词的写作范围，花间词艺术上取得的成就与存在的不足则为宋词提供了全面的借鉴。"

类似的文章还有，黄昭寅的《论宋词对唐诗的继承问题》③、李定广的《论北宋词与晚唐诗的近亲关系——兼论正确解读宋词化用唐诗现象的文化涵义》④ 等。

3. 从文化与语言的关系入手，研究某类文化或时代思潮对宋词创作的影响，如：

东方乔（2003）的《论佛教对唐宋词的影响》⑤ 一文，通过研究发现，"唐宋词和佛教的渊源甚深，佛教的输入影响了词这一文学样式的产生与发展，词人援佛入词，扩充了词学的境界与容量，反映了词人在情感与心理与佛教教理教义的沟通、认同与共鸣。而且唐宋词中艳词为主流的创作手段也与佛教关系密切。另外，佛教中净土信仰对词人的心态和词的

---

① 梁欢华：《"志不在鱼"——宋词渔钓意象研究》，硕士学位论文，南京师范大学，2005 年。

② 张福州：《"花间"对宋词的影响研究》，硕士学位论文，南京师范大学，2008 年。

③ 黄昭寅：《论宋词对唐诗的继承问题》，《德州学院学报》2006 年第 4 期。

④ 李定广：《论北宋词与晚唐诗的近亲关系——兼论正确解读宋词化用唐诗现象的文化涵义》，《求索》2006 年第 11 期。

⑤ 东方乔：《论佛教对唐宋词的影响》，博士学位论文，河北大学，2003 年。

创作也产生了很大影响。"

魏学宏（2007）的《从情景关系看唐宋词境的流变》① 认为，"中国古代诗歌始终存在着两个层面：一是表现人与社会的关系；另一个是反映人与自然的关系。两者之间相互包容，同步进行，常常是文学社会性传达借助于自然，自然的万千变化又映照着人的社会属性。因此，只有把意境放在人与社会、与自然关系的基础上，才能更好的揭示意境生成的机制和规律。"

这一类的研究也有很多，如曹瑞娟的《宋代思想文化与宋词的"闲愁"主题》②、张文利的《论宋代理学家的词及理学对宋词的影响》③ 等，这里不再一一列举。

4. 专门针对宋词中颜色词的研究

谷晓恒（2001）的《从唐宋词使用的颜色词看唐宋审美文化的内涵》（《青海民族学院学报》一文④，在分析唐宋词中颜色词语使用情况的基础上，对唐宋词的美学特征及唐宋时期人们的审美习惯作了探讨。

申云玲（2001）《走进宋词的色彩世界》⑤ 和张映梦（2005）《略谈宋词中的"颜色字"》⑥ 两篇文章，都是通过例举词句，分析了宋词中色彩词的标色功能、色彩词的文化心理内涵、色彩词表现出的主观感情以及特殊的暗示和象征作用等。

通过收集文献我们发现，对颜色词的研究具有一定的价值，目前也受到了一定的关注。我国的古典韵文属于非自然的文学语言，秉承着一贯的古典美学和文化传统，也凝结着创作者本人的思想与心绪，是语言学研究的一座巨大宝库。但以汉语颜色词，特别是古代汉语颜色词为对象的研究还显得很不足。在已有的研究中，泛泛而谈的多，确定一个封闭的语料范围且从语言学角度深入研究的少。专门针对宋词中颜色词的研究为数不多，甚至可以说很少，而且仅有的这几篇文章的分析大都还停留在文学赏

---

① 魏学宏：《从情景关系看唐宋词境的流变》，硕士学位论文，西北师范大学，2007 年。

② 曹瑞娟：《宋代思想文化与宋词的"闲愁"主题》，《江南大学学报》（人文社会科学版）2008 年第 4 期。

③ 张文利：《论宋代理学家的词及理学对宋词的影响》，《文学遗产》2008 年第 5 期。

④ 谷晓恒：《从唐宋词使用的颜色词看唐宋审美文化的内涵》，《青海民族学院学报》（社会科学版）2001 年第 4 期。

⑤ 申云玲：《走进宋词的色彩世界》，《晋中师范高等专科学校学报》2001 年第 12 期。

⑥ 张映梦：《略谈宋词中的"颜色字"》，《汉字文化》2005 年第 3 期。

析的层面，还没有从语言学角度的深入研究。

宋词是古典韵文的一个重要组成部分，其中颜色词语的使用颇具特色。可惜以宋词中颜色词语为对象进行的研究中，多数尚停留在文学赏析的层面。而从语言学的角度作细致分析，尤其是从现代语言学理论出发，对颜色词语的句法表现、语义内涵以及语用特征进行阐释，并结合文化传统、社会习俗和心理认知等因素探讨其使用规律的研究尚有很大的发掘空间。因此，本书的研究可以开辟一片较新的领域，并具有一定的深入空间。

第二节   相关理论阐释

对宋词颜色词语的研究，除了传统的句法成分分析、语义分析和义素分析法以外，我们还希望从现代认知语言学的角度，对颜色词的使用机制进行细致的分析。主要涉及认知语言学中的范畴化原型理论、词义的隐喻与转喻等分析手段。

一   范畴化的原型理论

"范畴"一词在认知语言学中是个用途很广的术语。一种事物及其类似事物可以构成一个范畴，一类事物及其包含的事物也可以构成一个范畴。从广义上说，范畴和概念是相同的，但严格地说，范畴指事物在认知中的归类，而概念指在范畴基础上形成的词语的意义范围。客观世界中的事物是杂乱无章的，人们需采取分析、判断、归类的方法将它们进行分类和定位。人们根据事物的特性并通过大脑的认知来认识事物，于是经过认知加工后的世界就成了主客观相结合的产物。这种主客观相互作用对事物进行分类的过程就是范畴化（categorizaion）。范畴化是人类对世界万物进行分类的一种高级认知活动①。

从认知的角度看，所有范畴都是模糊范畴。其含义有两点：（1）同一范畴的成员不是由所有特征决定的，而是由家族相似性决定的，即范畴成员之间享有某些共同特征，即模糊的相似性；而有的成员比其他成员享有更多的共同特征。（2）既然有的成员比其他成员享有更多的共同特征，

---

① 参见赵艳芳《认知语言学概论》，上海外语教育出版社 2001 年版。

这些成员就成为该范畴的典型的和中心的成员，并成为判断其他成员的重要基点和参照点（cognitive reference point）。

对范畴化认知中原型的研究就是从颜色范畴开始的。过去的观点认为，各种对颜色的切分完全是任意的。而柏林和凯（1969）调查了 98 种语言，发现基本颜色词的发展是进化式和有序的：黑/白＞红＞黄/蓝/绿＞粉/橙/灰/紫。也就是说，所有语言都包含"黑色"和"白色"。如果某一语言有 3 个颜色词，其中就会有"红色"；如果某一语言有 4 个颜色词，其中就有"绿色"或有"黄色"或有"蓝色"，依次类推。他们不仅发现了基本颜色范畴的等级性，还发现某一颜色范畴中有最具有代表性的颜色，发现人们是根据这些定位参照点系统（system of reference points），即焦点色（focal colors）对颜色连续体进行切分和范畴化的。尽管在不同的语言中，颜色范畴的边界是有差别的，但焦点色都是共同的。

从对颜色焦点色的研究扩展到对其他事物的研究，就引出了"原型"（prototype）这个概念。原型是物体范畴最好、最典型的成员，而其他成员具有不同程度的典型性（different degrees of typicality）。所以，对范畴的确定是一个围绕原型建构的模糊的识别过程。

再回到颜色上，颜色范畴具有典型的中心成员，即原型（prototype）和非典型的成员之分，从而表明焦点色或原型在人类对颜色认知的过程中具有普遍意义。另一方面，焦点色的色源体常常与人们的生活密切相关，人类各民族往往借助色源体来命名颜色，使之由抽象变为具体，这也是从人们对颜色的感官经验到符号概念形成的过程。此后，学者们还作了与颜色范畴化相关的后续研究，这些研究显示，颜色范畴是由以下三个方面的因素决定的：（1）神经生理机制，即与眼部颜色锥体的构造及作用方式，以及眼睛和大脑的神经联系有关；（2）普遍的认知机制，即对接受的刺激所进行的感知处理和认知推算；（3）特定文化对普遍认知机制的处理结果所作的选择。以上结论给我们的启示是，范畴并非是对客观现实的被动反映，它是通过我们的身体及心智对真实世界的特性进行能动处理的结果；在客观现实因素之外，更有生理、心理、文化因素的作用。因此，颜色词语反映的色彩所引起的主体上的刺激特征，也是以颜色的生理、心理效应及社会文化各因素对颜色的影响为基础的[①]。

---

① 参见王寅《认知语言学》，上海外语教育出版社 2007 年版。

二 隐喻和转喻理论

近年来，语言的隐喻研究引起了越来越多的学者的关注。谈到当代语言隐喻理论，就不能不谈被视为当代隐喻理论创始人的 Lakoff 和 Johnson，以及他们的经典代表著作 *Metaphors We Live by*《我们赖以生存的隐喻》。在此书中，他们对隐喻的性质给出了定义：隐喻的本质是通过另一类事物来理解和体验某一类事物（The essence of metaphor is understanding and experiencing one kind of thing in terms of another）。在书的开篇，他们就强调指出了隐喻的认知作用：隐喻在日常生活中无处不在，它不仅存在于语言中，也存在于我们的思想和行为中（Metaphor is pervasive in everyday life, not just in language but in thought and action）。Lakoff 和 Johnson 认为，隐喻在本质上并不是修辞现象，而是人们思维、行动和表达思想的一种系统的方式，即概念隐喻（conceptual metaphor）。在日常生活中，人们往往参照他们熟知的、有形的、具体的概念来认识、思考、体验和处理无形的、难以定义的概念，形成一个不同概念之间相互关联的认知方式。隐喻概念在一定的文化中又成为一个系统的、一致的整体，即隐喻概念体系，它对我们认识世界有潜在的、深刻的影响，从而在人类的概念结构、思维推理的形成过程中起着十分重要的作用①。

通过对大量语言实例的考察，书中列举了三类常见的常规隐喻（conventional metaphors）。1. 结构隐喻（Structural Metaphor）指以一种概念的结构来构造另一种概念，表现在语言上，即用谈论一种概念的词语来谈论另一概念。如，我们说"花钱"，也说"花时间""浪费时间""节约时间"等。2. 方位隐喻（Orientational Metaphor）指参照空间方位，如上—下、前—后、深—浅、中心—边缘等，而组建的一系列隐喻概念，在此基础上，人们将其他抽象概念，如情绪、身体状况、数量、社会地位等投射于这些具体的方位概念上，形成用表方位的词语表达抽象概念的语言。如，说某人升官或退休，可以说"上去了"和"下来了"。3. 实体隐喻（Ontological Metaphor）指人们将抽象的和模糊的思想、感情、心理活动、状态等无形的概念看作是具体的、有形的实体，而对其进行谈论、描述、识别其特征和原因。如，说"感情很深""压力很大"都是将无形的感

① Lakoff, G & M. Johnson. 1980. *Metaphors We Live By*. Chicago: The University of Chicago Press.

情、压力看作可以丈量、量化的实体来谈论和描述。

　　除了以上三类常规隐喻外，书中还谈到了创新隐喻（Novel Metaphor），如文学隐喻（Literary Metaphor）和扩展隐喻（Extended Metaphor）。新隐喻的产生依赖创造者新的感受。文学隐喻来源于文学家个人独特的感受和体验；其他方面的隐喻是出于表达新事物的需要，新词语多数是旧词语语义的扩展隐喻。

　　隐喻是由源域（source domain）到目标域（target domain）之间的投射（mapping）产生的，这意味着用一个范畴的认知域去建构或解释另一个范畴。在隐喻结构中，两种通常看来毫无联系的事物被相提并论，是因为人类在认知领域对他们产生了相似联想，因而利用对两种事物感知的交融来解释、评价与表达他们对客观现实的真实感受和感情。因此，当我们用颜色的基本范畴去表达和解释其他认知域的范畴时，便形成了颜色的隐喻认知。语义冲突和心理相似性是颜色隐喻构成的两个基本条件。当我们用颜色来修饰其他原本没有颜色的事物时，就产生了语义上的冲突。心理相似性是指由颜色引起的心理意象与颜色所修饰的事物产生的心理意象的相似度。颜色隐喻使得我们对于事物的认知更加鲜明而生动。例如，在汉语中，提起"黑"这个词，我们往往会自然而然地联想到神秘、恐惧。当我们用黑色这一颜色范畴来描述与解释一些本没有颜色的神秘的、非法的或阴险的事物时，便形成了颜色隐喻认知。如"黑市"一词，通过从源域"黑色"到目标域"非法市场"的投射，形成了"黑市"这一隐喻，用"黑色"描述本没有颜色的"非法市场"，形成了语义冲突，而心理相似性是指两者都有神秘、非法的心理意象。这样，隐喻就涉及两类不同事物和概念之间的关系，或者是两国不同的语义场之间的比较和映合。传统修辞学只将隐喻视为修辞现象，注重结果，而忽视了"认知""映射""互动""映合"的关键作用，没能解释隐喻形成的过程。与之相比，隐喻认知理论解释了跨概念域映射的过程，更加关心源域的某一或某些特征是如何转移到目标域上的，两者之间存在哪些相似性，或两者并置后保留了怎样的意象图式，因此也强调了隐喻的结果①。

　　与隐喻不同的是，转喻（metonymy）所涉及的是一种"接近"和"突显"。《我们赖以生存的隐喻》这本书中，专门有一章讨论转喻。书中

---

①　参见束定芳《语言的认知研究——认知语言学论文精选》，上海外语教育出版社2004年版。

指出，隐喻和转喻是不同种类的过程（processes）。隐喻是通过一个事物来构想（conceiving）另一个事物的方式，它的主要作用是理解（understanding）。而转喻是用一个实体代替（stand for）另一个，它主要是具有一种指示（referential）的作用。但转喻不仅仅只是一个指示的工具，它也具有提供理解的作用。而且转喻概念也具有系统性，它使我们通过某事物与其他事物的关系来概念化该事物。

因此，如果说隐喻是不同认知域之间的投射，那么转喻是在同一个认知域内，相接近或相关联事物之间，一个突显事物代替另一事物，如部分与整体、容器与内容或功能之间的替代关系。

国内著名的语言学者沈家煊先生曾分析过转喻的认知模式①：

（1）在某个语境中，为了某种目的，需要指称"目标"概念 B。

（2）概念 A 指代 B，A 和 B 须同在一个"认知框架"内。

（3）在同一"认知框架"内，A 和 B 密切相关，由于 A 的激活，B 会被附带激活。

（4）A 附带激活 B，A 在认知上的"显著度"必定高于 B。

（5）转喻的认知模式是 A 和 B 在某一"认知框架"内相关联的模型，这种关联可叫做从 A 到 B 的函数关系。

并以"壶开了"为例，说明用壶转喻水，壶和水同在"容器和内容"这一认知框架内，两者密切相关，壶在认知上比水更显著，概念壶的激活就附带激活了概念水。

总的来说，认知语言学的经验观认为，人是通过自身的经验认识世界的。隐喻和转喻是人们认识世界的两种基本方式。通过隐喻和转喻，人把对世界的认知结果以概念的形式储存于大脑，与这些概念相对应的是语言表达形式。因此，研究语言表达中的隐喻和转喻，有助于我们了解语言、认知和客观世界之间的关系。

---

① 沈家煊：《转指和转喻》，《当代语言学》1999 年第 1 期。

第三章

基本颜色词"黄"之分析

第一节　总体概述

"黄"是中国古代文化中的"五色"之一。《说文解字》对"黄"的解释是："黄，地之色也。"《论衡·验符》中有："黄为土色，位在中央。"《礼记·郊特牲》中也有"黄者中也"之说。由此可以看出，上古时期，土地是当时人们崇拜的对象之一，"黄"由于接近土地的颜色从而便承载了一些相关的象征意义。这些观念反映在语言上，使颜色词"黄"在表达客观世界中黄颜色的特征之外，便也承载了中国古人心目中与颜色相关的一系列主观情态以及社会文化内容。下面我们以一首具有代表性的宋代词作开篇，其中对颜色词"黄"近乎极致的使用，相信会给人们带来一个初步的感性认识。

例3-1 天启黄旗运，复见汉黄香。名高黄榜，飞黄腾踏入鸳行。文彩苏黄而上，政事龚黄而右，黄纸选循良。黄见眉间色，卿月照黄堂。调黄锺，舞黄鹤，醉鹅黄。黄云催熟，黄童老叟庆金穰。闲展黄庭一卷，自爱黄花晚节，黄阁日偏长。印佩黄金斗，黄发半苍苍。
（叶路钤《水调歌头》）

上面的一首《水调歌头》已经初步显示出颜色词"黄"在宋词中的活跃程度，但即使如此，还不能呈现"黄"在宋词中整体的存在状态。那么，在宋词语言中，颜色词"黄"的使用情况究竟是怎样的？本章以《全宋词》为语料库，将对其中表颜色的"黄"（表姓氏等非颜色义的除外），作出封闭性穷尽量的统计。

颜色词"黄"在《全宋词》里共出现了2954次。其中使用的情况大致分两种：

1. 是"黄"单用在词句中，这种情形大约出现863次。其中"黄"在句中所充当各种句法成分的情况如下表：

表2 **"黄"用于句中时充当句法成分统计表**

句法成分	作主语	作宾语	作谓语	其他存疑①
出现次数	约263次	约260次	约338次	约41次

2. 是"黄"与其他词连用构成组合，如"黄"+名词组合、名词+"黄"或形容词+"黄"组合

（1）形容词+黄，如：

嫩黄、轻黄、淡黄、微黄、浅黄、新黄、柔黄、娇黄、明黄等。

（2）名词+黄，如：

鹅黄、柳黄、流黄、柘黄、诏黄、杏黄、金黄、霜黄、莺黄等。

（3）黄+颜色字/颜色字+黄，如：

黄翠、黄紫、青黄、赭黄。

（4）黄+名词，如②：

黄笔、黄编、黄彩、黄草、黄川、黄琮、黄点、黄耳、黄封等。

（5）其他，专有名词，如：

雌黄、姚黄、黄独、大黄、地黄。

以上，单纯从形式角度对"黄"在宋词中出现的形式及次数进行了大致的分类和统计。下文分别对"黄"的两类出现形式进行分析。

第二节 "黄"在句中单独使用情况分析

"黄"在宋词中的使用，宏观的来看分两种，一种是"黄"单用，或作为中心词用在句中；另一类就是"黄"+名词，构成名词性组合，"黄"作修饰性成分，名词为中心词（少数情况是"黄"作中心词，名词+"黄"构成名词性组合，如"诏黄"）。

---

① 存在一些特殊句式而无法确定句法角色的情况。

② 各组合的使用频次统计见附录。

从上文的分析可以发现，"黄"+名词构成的大多是名词性组合，如，"黄犊""黄榜""黄尘"，其中"黄"为修饰成分，整个组合表示具体事物，在句法上的角色比较单纯，因此不再分析其句法功能特征。但是在此类组合（短语或词）中，"黄"与名词各自词汇意义的组合情况较为复杂，后文将对此类短语或词的语义组合特点进行重点分析。

本节将对"黄"单用在句中的句法和语义功能进行分析，并重点研究"黄"在此类情况下语用上的特点及规律。

一 "黄"在句中单独使用的句法分析

对古典诗词进行句法分析从来就是"吃力不讨好"的，因为往往诗意化的句子根本没有句法可言，而且很多时候由于格律、押韵及平仄等限制，颠倒句法的情况更是屡见不鲜。但是以句法的眼光对词句进行一番审视还是有必要的，目的并不是要给每个句子划出绝对的句法成分，而是要帮助我们更好地理解"黄"在使用中所表达的语义以及使用的特点。下面将对"黄"在宋词中的句法功能作简单的叙述。

1. 最为常见情况是"黄"作谓语，具体地有三种情况：

（1）"黄"单用（光杆），作谓语或主谓结构的小谓语

例3-2 又隐隐城头，随风断角斜照黄。（黄廷璐《忆旧游》）

例3-3 黄了旧皮肤，最是风流处。（陈瓘《卜算子》）

例3-4 正柳黄梅淡，染金匀粉。（黄中《瑞鹧鸪》）

（2）［状语］+"黄"

例3-5 南枝淡伫无妖艳，蜡蕊［羞］黄。（无名氏《采桑子》）

例3-6 酒与繁华［一色］黄。（赵长卿《采桑子》）

例3-7 褪下残英［薿薿］黄。（李纲《丑奴儿/采桑子》）

例3-8 黄花今日［十分］黄。（陈与义《定风波》）

例3-9 江柳［微］黄，万万千千缕。（苏轼《蝶恋花》）

（3）"黄" +〈补语〉①

例 3-10 夜来风雨，摇得杨柳黄<深>。（彭元逊《汉宫春》）

例 3-11 晕额黄<轻>，涂腮粉艳。（陈允平《念奴娇》）

例 3-12 眉黄<透>、却愁君去。（丘崈《夜行船》）

例 3-13 阶影红迟，柳苞黄<遍>。（毛滂《踏莎行》）

例 3-14 犹有残梅黄<半壁>。（赵淇《谒金门》）

2. "黄" 作主语的情况：

例 3-15 黄落山空，香销水冷（梁栋《一萼红》）

例 3-16 黄似旧时宫额，红如此日芳容。（辛弃疾《朝中措》）

例 3-17 黄已上眉峰。（吴泳《菩萨蛮》）

例 3-18 娇黄照水，经渭城朝雨。（曹勋《竹马儿》）

例 3-19 瘦碧飘萧摇露便，腻黄秀野拂霜枝。（张炎《新雁过妆楼》）

例 3-20 柘黄独步，昼笼晴，锦幄张天。（汪元量《汉宫春》）

3. "黄" 作宾语的情况：

例 3-21 长亭柳色缠黄，远客一枝先折。（贺铸《石州引/石州慢》）

例 3-22 更篱下、折尽疏黄。（石孝友《愁倚阑/春光好》）

例 3-23 将见青青似豆，又逶迤、传黄风景。（赵以夫《暗香》）

例 3-24 眉上新添一点黄。（管鉴《鹧鸪天》）

例 3-25 左牵黄。右擎苍。（苏轼《江神子/江城子》）

4. "黄" 作定语的情况：

例 3-26 何似嫩黄新蕊，映眉心娇月。（赵士暕《好事近》）

---

① "黄" +<补语>跟单个 "黄" 作主语的区别在于，前者 "黄" 的前面有一个名词性的词且 "黄" 是用于陈述或描述这个名词的；后者 "黄" 前面没有另一个主词性成分，而就是 "黄" 用作一个名词性成分充当了主词，被其他动词或形容词陈述。

例 3-27　<u>淡黄</u>杨柳又催春。（陆游《鹧鸪天》）

例 3-28　<u>明黄</u>衫子御西风。（李处全《临江仙》）

例 3-29　<u>煏黄</u>珠幄承灵德，锡羡永升平。（无名氏《导引》）

例 3-30　胭脂嫩脸，<u>金黄</u>轻蕊，犹自怨西风。（晏殊《少年游》）

　　通过观察"黄"在词句中的句法功能可以发现，"黄"作定语时多数情况呈现出较为整齐的［X+黄］＋［双音名词］四字结构[①]，而像"淡黄月""鹅黄柳"等［X+黄］＋［单音名词］的结构则较为少见，而且前者多出现于句首或句中，后者则只见于句末，这应该与汉语独有的"以双音节为节奏的韵律模式"[②] 有很大关系，在此不再赘述；"黄"作谓语时，无论是单用或被其他形容词修饰，表现状态义（"黄着"）的情况多于表现变化义（"变黄"），即使是在"黄"+<补语>的情况下，也有一些"黄"表现的是"状态"而非"变化"，如，"犹有残梅黄半壁""嫩菊黄深""晕色黄娇"等；"黄"作主语或宾语时，几乎全部出现了形容词活用作名词性成分的情况。应该说，这些特点跟"黄"在词句中所要表达的语义内容和语用功能等有关。

二　"黄"在句中单独使用的语义内容和功能分析

（一）"黄"单用于句中时的语义内容

通过全面分析"黄"所出现的词句并结合其所在的整首词的意义，归纳出"黄"单用在句子中所表达的语义，可分为以下几类：

1. 表现自然界和生活中的各类黄色，包括具体的和抽象的。

具体的"黄"如，云黄、烟雨黄、夕照黄、落日黄、月昏黄、灯火昏黄；草木黄、麦黄；花（菊、梅、桂、水仙、其他）黄、蕊黄；果实（橘、荔枝、杏、梅子）黄；柳黄；鸟黄；酒杯黄、酒黄、汤黄；等等。

抽象的"黄"如，春色、秋色。

例 3-31　浅黛娇<u>黄</u>春色透。（陈允平《蝶恋花》）

---

①　这首先是因为已将单个"黄"+名词组成的双音词，如"黄榜""黄菊"之类与此区别开来。

②　冯胜利：《从人本到逻辑的学术转型——中国学术从传统走向现代的抉择》，学术批评网（www.acriticism.com）首发 2001 年 11 月 17 日。

例 3-32 远村秋色如画，红树间疏<u>黄</u>。（晏殊《诉衷情》）

2. 表现女子妆束的色彩，如，

例 3-33 一身绣出，两同心字，浅浅金<u>黄</u>。（欧阳修《好女儿令》）

例 3-34 晕额<u>黄</u>轻，涂腮粉艳，罗带织青葱。（陈允平《酹江月》）

例 3-35 簟纹衫色娇<u>黄</u>浅。钗头秋叶玲珑翦。（张先《菩萨蛮》）

例 3-36 淡<u>黄</u>衫子郁金裙。长忆个人人。（柳永《少年游》）

3. 表现较为抽象的富贵、尊贵或长寿之意。具体的情况有两种，一种是指帝王、皇家之黄色，如，

例 3-37 帐殿霭煴<u>黄</u>。（无名氏《十二时/忆少年》）

例 3-38 煴<u>黄</u>珠幄承灵德，锡羡永升平。（无名氏《导引》）

例 3-39 柘<u>黄</u>独步，昼笼晴，锦幄张天。（汪元量《汉宫春》）

另一种情况是指做官之人，位高①或长寿②，如，

例 3-40 <u>黄</u>了旧皮肤，最是风流处。（陈瓘《卜算子》）

例 3-41 分陕功成，沙堤归去，衮绣光浮，两眉<u>黄</u>彻。（李流谦《醉蓬莱》）

例 3-42 遥知纷瑞霭，十分郎罢，<u>黄</u>溢眉须。（百兰《满庭芳》）

例 3-43 <u>黄</u>见眉间色，卿月照黄堂。（叶路钤《水调歌头》）

例 3-44 惟见眉间一点<u>黄</u>。（苏轼《浣溪沙》）

例 3-45 好去花砖视草，珠庭喜见微<u>黄</u>。（洪适《朝中措》）

---

① 旧时相传眉间或天庭处出现黄色是吉祥喜庆或做官之人归朝的预兆。参见朱德才主编《增订注释全宋词》（第三卷），文化艺术出版社 1997 年版，第 546 页。

② 相传老人的毛发白久则黄，因以黄发、黄眉为寿高之象。参见朱德才主编《增订注释全宋词》（第二卷），文化艺术出版社 1997 年版，第 484 页。

以上是宋词中"黄"单用时所能够表达的语义内容。当"黄"在句中承担不同的句法角色时，对这些语义内容的表达视角有所不同，由此形成了"黄"作为颜色词在具体使用中的不同的语用功能。

（二）颜色词"黄"的两大功能

"黄"作为颜色词的两大功能表现为描写性功能和指称性功能。

通过再次观察例句可以发现，当"黄"作为不同的句法成分时，其表达的视角是不同的。

描写性功能：

当"黄"作谓语时，是作为一个形容词或动词对句子的主语或小主语进行描述或陈述。由于颜色词本身较强的形容词性，使得"黄"在语用上显现出很强的描写性功能，因此此类句中"黄"的状态描述义远大于变化义，应该说，当"黄"作谓语时，描写性功能是主导性的。如，

> 例3-46 雁阵晓来霜。鸦村夕照黄。（陈著《糖多令/唐多令》）
>
> 例3-47 斜阳外、水冷云黄。（石孝友《愁倚阑/春光好》）
>
> 例3-48 正柳黄梅淡，染金匀粉。（黄中《瑞鹤仙》）
>
> 例3-49 江柳微黄，万万千千缕。（苏轼《蝶恋花》）
>
> 例3-50 伤心处，高城望断，灯火已昏黄。（琴操《满庭芳》）

当"黄"作定语时，也主要表现为描写性的功能，如，

> 例3-51 何似嫩黄新蕊，映眉心娇月。（赵士暕《好事近》）
>
> 例3-52 淡黄杨柳又催春。（陆游《鹧鸪天》）
>
> 例3-53 明黄衫子御西风。（李处全《临江仙》）
>
> 例3-54 鹅黄衫子茜罗裙，风流不与江梅共。（毛滂《踏莎行》）
>
> 例3-55 胭脂嫩脸，金黄轻蕊，犹自怨西风。（晏殊《少年游》）

可以说，"黄"作为颜色词最主要的功能之一是描写性功能，并主要体现在"黄"作谓语和定语的词句中。

指称性功能：

当"黄"在词句中作主语或宾语时，叙述的视角有所转变，具有"黄"之颜色或概念的某些事物，成为被其他一些动词或形容词陈述的对

象，而"黄"由于跟这些事物的各种相关性，被选上并成为了代表这些事物的"那个词"，此时"黄"作为颜色词的另一种功能便凸显出来——指称性功能，即其在句中有所指代。如，

例3-56 江南树树，<u>黄</u>垂密雨，绿涨薰风。（宋齐愈《眼儿媚》）

例3-57 偏爱紫蕨<u>黄</u>曩，想金壶胜赏，依旧扬州。（陈允平《汉宫春》）

例3-58 <u>娇黄</u>照水，经渭城朝雨。（曹勋《竹马儿》）

例3-59 更篱下、折尽<u>疏黄</u>。（石孝友《愁倚阑/春光好》）

以上四例中，由于"黄"跟被指代的事物在颜色上具有的相关性而成为被描述的对象，在例句中分别指称"梅子"、"花朵"、"柳条"、"菊花"。又如，

例3-60 <u>柘黄</u>独步，昼笼晴，锦幄张天。（汪元量《汉宫春》）

上例中，"黄"是衣服的颜色，而衣服是帝王的龙袍，通过两次相关性，于是"黄"指代帝王本人。再如，

例3-61 遥知纷瑞霭，十分郎罢，<u>黄</u>溢眉须。（百兰《满庭芳》）

例3-62 <u>黄</u>已上眉峰。（吴泳《菩萨蛮》）

例3-63 眉上新添一点<u>黄</u>。（管鉴《鹧鸪天》）

例3-64 惟见眉间一点<u>黄</u>。（苏轼《浣溪沙》）

例3-65 好去花砖视草，珠庭喜见<u>微黄</u>。（洪适《朝中措》）

"黄"是古代的"五色"之一，传说中"黄"又是吉祥的、尊贵的、长寿的吉兆。因此在以上几例中，通过这种传统文化民俗的相关性，"黄"成了"富贵""长寿""吉兆"等这些较为抽象的概念的代名词。

事实上，"描写性"和"指称性"两大功能是颜色词、特别是基本颜色词所共有的，在下文的论述中这一点将作为既有的常识性观点运用于对颜色词使用的分析中。

第三节 "黄"在含彩词语中的使用情况分析

本节所讨论的含彩词语,主要指由"黄"和名词构成的组合(多数为[黄+名词]结构,少数为[名词+黄]结构)。这些词语的语义由"黄"和名词各自的意义共同决定。颜色词"黄"单用于句中时所表现出的三类语义内容:表现自然界和生活中的各类黄色、表现女子妆束的色彩、表现较为抽象的富贵、尊贵或长寿之意,都将进入这些含彩词语的意义构成中。同时,这些含彩词语的语义有时并不等于"黄"和名词各自意义的简单相加,而是存在着较为复杂的语义整合情况。因此,含彩词语的语义整合以及颜色词"黄"在其中表现出的使用特点将成为我们研究的重点。

一 词义构成分类

《全宋词》中出现的由"黄"和单音名词构成的含彩词语大约80多个,其中词义的构成情况不尽相同。一些含彩词语的语义,可由两个构成元素的意义相加而推知,有的则不能从简单相加后得知,还有一部分较为特殊的专有名词。

基于含彩词语语义组合的不同情况,将这些词语分类如下:

1. 整体语义等于部分之和

黄花、黄英、黄蕊、黄梅、黄菊、黄葵、黄粟、黄粱、黄竹、黄杨、黄榆、黄叶、黄草、黄芜、黄箬、黄芦、黄茅、黄苇、黄蕉、黄苞、黄柑、黄橙、黄甍、黄蝶、黄蜂、黄鸟、黄鹏、黄莺、黄雀、黄鸡、黄犬、黄驹、黄琼、黄玉、黄沙、黄土、黄日、黄鹤、黄鹄、黄虬、黄龟、黄龙。

以上含彩词语的语义均可由"黄"和其后名词的意义相加而得到,其中的"黄"主要起到表现色彩的描写性作用。同时,此类词语中"黄"表现的多为自然界中的黄色,如,"黄菊""黄鸡""黄土"等。还有少数几个词,虽然只存在于神话传说中,如,"黄鹤""黄鹄""黄虬""黄龟""黄龙",但其中的"黄"主要还是起着描写颜色的作用。

值得注意的是,以上这些含彩词语在语义组合上比较简单,但是某些词语在具体的语料中常常表现出一定的语用倾向。比如,

"黄菊"常常与"东篱""陶潜"等词呼应，来表现一种隐居或闲适的氛围；

"黄粱"常与"梦"共现来借"黄粱一梦"的典故表现浮生若梦、富贵转瞬即逝的感慨；

"黄齑""黄鸡"常与"白酒"呼应来表现有点拮据却怡然自得的乡野生活；等等。

这类语用现象同样是很值得研究的，其中常常涉及历史典故。从人类认知的角度出发，使用典故可以看成是一种事件隐喻的思维及叙述方式。由于与颜色词本身的关系不大，此处不再赘述。

2. 整体词义不等于部分之和

黄奶、黄口、黄耳、黄绢、黄笔、黄编、黄卷、黄发、黄昏、黄封、黄堂、黄屋、黄钺、黄敕、黄麻、黄牒、黄纸、黄榜、黄扉、黄阁、姚黄、诏黄。

这类含彩词语整体的语义无法通过两部分的简单相加得知，且语义整合的情况也比较复杂。有的语义小于字面语义，如"黄纸"并非指所有黄色的纸张，而只有皇帝的诏书或朝廷专用的文告才特称为"黄纸"，尽管这类纸按历史记载来说应该确实也是黄色的纸；有的语义则跟字面义几乎不相关，如，"黄奶"指书卷、"黄耳"指音讯，这些都反映出含彩词语意义整合的复杂性，我们将在下一小节详细分析。

3. 整体词义等于或大于部分之和，即兼具字面相加意义和整合意义

黄埃、黄尘、黄云、黄帝、黄幕、黄壤、黄泉、黄衫、黄旗、黄伞、黄绶、黄蘗、黄麾、赭黄、鞠黄、腰黄、铅黄、额黄、宫黄、官黄。

以上含彩词语在语料中既保留着一些字面意义的用法，整合意义的用法也已经大量出现，从词汇语法化的角度来看，这类词语的整合义还没有完全独立出来而成为双音词专指的意义，而是处于以上第一和第二种情况之间。

二 词义整合分析

当含彩词语的整体词义无法直接从字面义推知时，便出现了概念整合的情况。在词义整合过程中所体现出的认知机制、所发生的语义糅合和语用推理，以及文化传统带来的影响等，将是本节研究关注的焦点。

（一）　主要是隐喻的整合方式

如，黄奶、黄口、黄尘、黄埃

黄奶：

例 3-66 黄奶篝灯，青奴拂榻，莫要他桃柳。（刘克庄《念奴娇》）

此处的"黄奶"是书卷的别称。"黄"在这里应该是表现古代纸张泛黄的颜色。而"奶"与"书卷"的对应却并不常见，二者之间有什么关系也不是显而易见。用对人的称谓来指称书卷，这里显然存在着两个认知域，一个是关于身边人的认知域，一个是关于事物的认知域，从前者投射到后者，这中间存在着一次语用推理，这种推理必定需要一个基础，即二者虽分属不同的认知域，但二者之间必有一定的相似性。南朝梁元帝的《金楼子·杂记上》中有句："有人读书握卷而辄睡者，梁朝有名士呼书卷为黄奶，此盖见其美神养性如妳媪也。"① 这个记载为我们提供了一些思路。"黄奶"亦作"黄妳""黄嬭"，因此此处"奶"与"妳媪"同义，是"老妇人"的意思。而老妇人与书卷的相似之处便在于其能"美神养性"。老年的妇女虽已容颜不再，但经过岁月的历练，使其内心丰富、沉静优雅、宽容大度、善解人意、并懂得体贴和关怀，与之交流令人感到如沐春风，这种感受与一本好书带给人的"美神养性"之感极为相似，并且这种感觉也并没有因为书卷泛黄的纸张而有所减弱。有了这种相似性，这个隐喻便显得十分恰当。"奶"隐喻书卷，与表现纸张颜色的"黄"二者的词义整合后便形成了"黄奶"一词，成为书卷的别称。

黄口：

例 3-67 此士难复得，黄口闹如羹。（毛并《水调歌头》）

"黄口"原指初生的幼鸟，用"口"这个部分来转喻整体"鸟"；"黄"表现了初生幼鸟嘴角的幼嫩黄色；因此"黄口"一词首先是部分转喻整体——幼鸟。而后"黄口"一词又更多地用于指幼儿、幼童。这种

---

① 引自汉典网（www.zdic.net）的词义解释。

用法的转移并不奇怪，因为人的语言行为往往最终倾向于关注人类社会自身的人和事。而从自然界这一认知域投射到人类社会，其中语用推理的基础便是幼鸟与幼童的相似性。鸟与人类都是动物、都有生老病死、有要孕育下一代、有的鸟类还有着与人类相似的家族体系，应该说，鸟与人类在很多方面都具有一定的相似性。幼鸟与幼童都是处于自己族群中最幼嫩的、最需要受保护的一类，基于这种相似性，"黄口"往往用于隐喻人类社会的幼儿、幼童。

黄童　丁黄：

例 3-68 人情不知底事，但黄童白叟总追游。（赵以夫《木兰花慢》）

例 3-69 劳拊字，惠露洽丁黄。（洪适《望江南》）

"黄童"即指小孩；"丁黄"分别指成年人与幼儿。对于这两个含彩词可以从不同角度来分析。基于上文的"黄口"一词隐喻幼儿，"黄童"之"黄"与"丁黄"之"黄"可以看成是"黄口"的省略并指"幼儿"，这样一来，"黄童"和"丁黄"在词义构成上就属于简单的并列相加关系，前者"黄"与"童"意义重叠，即黄口幼童之意；后者"丁"与"黄"并列，分别指成人与儿童。但这两个词都是基于整合义的"黄口"一词上的。

如果抛开二者与"黄口"的关系，"黄童"也可分析为意义整合构词："黄童"之"黄"可以取植物初生嫩芽的嫩黄、幼嫩之意，因此，嫩黄色的"幼嫩"与儿童的"年幼"就形成了一种相似关系，基于此进行的语用推理即为："黄"隐喻"幼嫩""初生""年幼"。从而"黄童"即"年幼的儿童"；"丁黄"即指"成年人和幼儿"，此处的"黄"在上述隐喻之后又进行了一次转喻，即以本体所具有的特点"幼嫩、年幼"来转喻本体"儿童"。

黄尘：

宋词中使用"黄尘"一词的词句，极少是字面的意思，即使表面义是"黄色的尘土"，却也往往转指或转喻其他相关事物。如，

例 3-70：要看黄尘清海，戏真珠、麻姑清纵。（吕渭老《水龙

吟》）

此处"黄尘"虽是黄色尘土的意思，实际上是与"清海"合起来表现变化之迅速。

　　　例3-71：叹紫塞、<u>黄尘</u>未扫。（李曾伯《贺新凉/贺新郎》）

这里"黄尘"字面上是说黄色尘土，事实上与"紫塞"呼应，于是"黄尘"转喻蒙古侵略者。

除上述两例外，绝大多数时候"黄尘"表达的是一个整合的概念意义，如，

　　　例3-72 吴山青处，恨长安路断，<u>黄尘</u>如雾。（刘仙伦《念奴娇》）
　　　例3-73 <u>黄尘</u>扑扑谩争荣。（赵师侠《鹧鸪天》）
　　　例3-74 利名汩没<u>黄尘</u>里，又那知、清胜无穷。（赵师侠《风入松》）
　　　例3-75 唤取<u>黄尘</u>冠盖客，暂来徙倚片时间。（吕胜己《瑞鹧鸪》）
　　　例3-76 叹<u>黄尘</u>久埋玉，断肠挥泪东风。（孙道绚《醉思仙》）
　　　例3-77 <u>黄尘</u>乌帽，觉来眼界忽醒然。（张元干《水调歌头》）
　　　例3-78 白纶巾。扑<u>黄尘</u>。不知我辈，可是蓬蒿人。（贺铸《行路难/梅花引》）

以上各句中均有"黄尘"一词，注释或词典中的解释往往较为简单，如"比喻世俗之事""俗世、尘世""世间"① 等。但事实上，"俗世、世间"所含括的范围非常广，人世间、整个世界都可以称作"俗世"或"尘世"，而且通过统计宋词语料中的含彩词语，我们还发现"红尘"一词同样可以指尘世。那么在上面各词中为何偏偏用"黄尘"一词？通过观察每首出现"黄尘"的词作，我们不难发现，"黄尘"其实也是"尘

_____

① 引自汉典网（www.zdic.net）的词义解释。

世"的一部分，只不过是侧重于"仕途""官场"一面的"尘世"的一部分，是"尘世"的一个下位概念。

"黄尘"中的"尘"，即"尘世"，这本身就是一个隐喻，即用"尘""尘土"来隐喻世间，更具体地是指世间的各种有形无形的"场"，人来人往的市场、赌场也好，官场、情场也好；"尘"带给人的感觉是尘土飞扬的、混沌不清的、使人迷惑的，这与人们身处于世间各种"场"中感到混乱、看不透、迷乱的心理感受非常相似。这种相似性，便是"尘"隐喻世间这一语用推理的根本的心理基础。有一些资料显示"尘世"一词最早来源于佛家典籍，而这个词之所以被人们接受并广泛使用至今，正说明这种相似性的心理基础具有很强的心理现实性和体验性。

"黄尘"中的"黄"，便是用来界定的，即指出要表达的是哪一个"场"、哪一方面的俗世。"恨长安路断，<u>黄尘</u>如雾"，"长安"是前朝都城所在，在政治权力的中心，各地方的读书人进入长安往往为了求官。进入长安的路断了，于是做官的希望变得渺茫"如雾"；"唤取<u>黄尘</u>冠盖客，暂来徙倚片时间"，"冠盖客"，即"游宦衣冠车马之辈"①。"黄尘"中的"冠盖客"，便是"官场"中的"游宦做官之人"。由此我们大致可以推知，多数词作中的"黄尘"之"黄"所携带信息是与做官、仕途有关的。我们在第三节中对"黄"所能传达的语义进行过分析归纳，"黄"在此处的这种信息与"黄"的第三类语义，在很大程度上是相关的。"黄"可以"表现帝王皇家之色"，进而可以表达"富贵、尊贵"之意。而在古时的宋代，做官与皇家帝王在本质上息息相关，进入官场多数人的目标便是追求功名、富贵，官位升得越高，离皇帝也就越近。基于汉民族传统文化中"黄"色与"皇家""尊贵"等概念的相关性，一个"黄"字便转喻了"仕途官场""追求功名利禄"的种种内涵。因此如果抛开表现自然界的"黄"，可以说在文化上，"黄"是帝王之色，也是功利之色。

黄埃：

词义的整合情况与"黄尘"基本相同，只是在宋词语料中使用不及前者普遍。

---

① 朱德才主编：《增订注释全宋词》（第二卷），文化艺术出版社 1997 年版，第 754 页。

例 3-79 黄埃赤日长安道。倦客无浆马无草。(贺铸《将进酒》)

例 3-80 赤日黄埃,梦不到、清溪翠麓。(刘克庄《满江红》)

例 3-81 叹泪没黄埃,变幻皆如此。(颜奎《摸鱼儿》)

例 3-82 选得官归,黄埃满面。(汪梦斗《踏莎行》)

(二) 主要是转喻的整合方式

如前文所述,转喻是一种非常普遍的思维和认知方式,进而也是常见的表达方式。无论是修辞性的艺术化表达,还是日常语言的实用性表达,人们都常常通过各种各样的相关性用一个易于表达的事物去转喻另一个较不易表达的事物。宋词中含"黄"的含彩词有相当一批是以转喻的方式整合词义的。如,

1. 以典故中的关键词转喻故事情节或意义:

黄耳:

例 3-83 黄耳音稀,白云望远,又见春消息。(李弥逊《念奴娇》)

例 3-84 黄耳讯初收。为说鸥汀与鹭洲。(吴潜《南乡子》)

"黄耳"原是典故中狗的名字,为主人送信而为人所知。"黄耳"在整个典故中是一个关键词,容易给人留下印象,从而被记住并使用,用以转喻信使或音讯。又如,

黄绢:

例 3-85 英躔,名誉早,青箱传学,黄绢摛辞。(洪适《满庭芳》)

例 3-86 乐府今无黄绢手,问斯人、清唱何人酢。(刘克庄《贺新郎》)

"黄绢"是"绝妙好辞"的隐语,也是源于典故。《世说新语·捷悟》:"魏武尝过曹娥碑下,杨修从。碑背上见题作'黄绢幼妇,外孙齑臼'八字。……修曰:'黄绢,色丝也,于字为绝。幼妇,少女也,于字

为妙。外孙，女子也，于字为好。齑臼，受辛也，于字为辞。所谓绝妙好辞也。'"① "黄绢"是整个典故关键句的头两个字，于是后世便用以转喻"佳句美篇"。应该说，以上两个含彩词中"黄"的出现是偶然性的，对词义的形成并没有起到关键性作用。

2. 跟民族习俗有关的转喻，如，"黄壤""黄泉"

例3-87 被妻子萦缠，生涯拘束，甘自归黄壤。（葛长庚《摸鱼儿》）

例3-88 青史几番春梦，黄泉多少奇才。（朱敦儒《西江月》）

"黄壤"和"黄泉"都是人们脚下土地的组成部分，可以说，"黄壤、黄泉"跟"地下"是一种"内容"跟"容器"的关系，因此这里"黄壤、黄泉"即指"地下"。但词句中，确切地说，这两个词指的是"阴间"，是主观想象中人死以后去到的另一个世界，是概念中而非实体上的世界。"地下"与"阴间"的相关性则来自于汉民族土葬的习俗，从物质实体上看，古人死后"入土为安"，于是在精神概念上，"地下"便是那另一个世界"阴间"。因此可以说"黄壤""黄泉"是通过具体的物质实体来转喻抽象的精神概念，而二者的相关性或交点存在于这个民族的传统习俗中。同样，这两个词中的"黄"也只是单纯地表现土地的颜色，对整个词义的走向也没有起到决定性作用，如果上古时代汉民族文明发源地的土地是漆黑色的，也许现在我们看到的将是"黑泉"。

3. 跟光线与时间相关的转喻，如，
黄昏：
"黄昏"是《全宋词》中"黄"构成的含彩词语出现次数最多的一个词，共出现约564次：

例3-89 王孙一去杳无音，断肠最是黄昏后。（李之仪《踏莎行》）

例3-90 相送黄花落叶村。斜日又黄昏。（程垓《南乡子》）

---

① 朱德才主编：《增订注释全宋词》（第二卷），文化艺术出版社1997年版，第379页。

从如此高的使用频率来看，至少在宋代，"黄昏"已经是词义整合后词汇化程度较高的一个含彩词了。事实上，"黄昏"一词的词义整合也可以分析为是通过了一个转喻的机制，即用一个时段的"特点"来转喻这段时间。"日出"和"黄昏"虽然都是太阳处于地平线上下之间的时间段，但二者在天空的色彩和光线的特点上都有不同。多数情况下，日出时分的天空偏向于发白、光线从朦胧变得清朗；而黄昏时分的天空往往发黄或红色，光线的特点是渐渐昏暗。因此"黄"和"昏"整合在一起，是以天空和光线的特点来转喻日落到天黑的这个时间段。

4. 跟皇家、尊贵、富贵有关的转喻。有的直接跟皇帝、皇家相关，如，

黄麻　黄纸　黄榜：

> 例 3-91 黄麻敕胜长生箓，早送夔龙到日边。（陈克《鹧鸪天》）
> 例 3-92 天家黄纸除书到。（崔与之《贺新郎》）
> 例 3-93 黄纸除书惊乍到，青毡旧物欣重睹。（刘仙伦《满江红》）
> 例 3-94 绿袍乍著君恩重，黄榜初开御墨鲜。（无名氏《鹧鸪天》）

以上词句中的"黄麻""黄纸""黄榜"都是以载体形式来转喻内容实质，用载体黄色的麻纸、公告榜来转喻被皇帝册封做官或皇家科举中第。而其中的"黄"不仅仅指"黄色的"，更重要是指"皇家的"，应该说，这才是"黄"所要表达的最重要的信息。与此相同的还有，

黄屋　黄纛　黄伞　黄麾：

> 例 3-95 黄屋天临，水犀云拥，看击中流楫。（吴琚《酹江月》）
> 例 3-96 黄纛软舆抬圣母，红罗凉伞罩贤妃。（汪元量《瑞鹧鸪》）
> 例 3-97 奉陪黄伞传柑宴，莫望红妆拥座欢。（丘崇《鹧鸪天》）
> 例 3-98 黄麾列仗貔貅整，气压江潮。（洪适《降仙台》）

"黄屋""黄纛""黄伞""黄麾"等，都属于天子或皇家专用的仪仗，在有些词句中这些名词甚至可以直接转喻帝王，这也是基于这些事物与皇帝的相关性。总之在这类含彩词中"帝王的""皇家的"是"黄"

携带的最重要的信息。

此外，有的词并不与"皇帝""天子"直接相关，而是表达"尊贵""富贵"之义，如，

黄堂　黄阁　黄扉：

例3-99 正慈闱初度，酡颜绿发，<u>黄堂</u>称寿，画戟朱幡。（王野《沁园春》）

例3-100 <u>黄堂</u>富暇，宾幕谈笑足欢娱。（李处全《水调歌头》）

例3-101 家世传<u>黄阁</u>，功名起黑头。（侯寘《南歌子》）

例3-102 诗书帅，<u>黄阁</u>老，黑头公。（张孝祥《水调歌头》）

例3-103 人间妙丽。并侍<u>黄扉</u>开国贵。（葛胜仲《减字木兰花》）

例3-104 待金瓯揭了，<u>黄扉</u>坐处，祇依此、规模好。（陈著《水龙吟》）

"黄堂""黄阁""黄扉"都是古代高官的官署。用具体的处所来转喻所处的地位，进而转喻拥有此地位的人。这两个词中的"黄"最初虽是从颜色而来，但随着时间推移和文化发酵，其中的"黄"更多地显示出"尊贵""富贵"的文化内涵。事实上在中国古代，"做官、求富贵"与"天子、皇家"是一脉相承的，这与"黄"是帝王之色并不矛盾。又如，

黄发：

例3-105 天上四时调玉烛，万事宜询<u>黄发</u>。（辛弃疾《念奴娇》）

例3-106 年登八八愈精神。句稽宜解淹贤辙，<u>黄发</u>犹须上要津。（郭应祥《鹧鸪天》）

头发是人身体的一部分，头发的状况也是反映一个人特点的重要因素之一，宋词中不乏用"发"转喻"人"的用法，如"绿发""白发"等。宋词中用"黄发"转喻老人的情况很多，而且基本上均是形容富贵而长寿的老人。注释中的解释是老人的头发白久了会变黄，因此"黄

发"意味着"长寿老人",但想必在古代往往是因为富贵才可长寿,长寿了头发便会变黄。因此,"黄发"中的"黄"所携带的文化内涵也主要偏向于"富贵""尊贵"之义,这一点在下文词汇语义对比中有更明显的表现。

(三)"黄"语义特点的组合与聚合研究

为了更好地说明"黄"在宋词中的语义特点,我们打算从"黄"的聚合与组合关系的对比入手。

1. [黄+名词] 的聚合系列

黄菊—黄茅—黄牛—黄昏—黄土—黄冠— |黄榜—黄尘—黄发—黄扉—黄阁|

整个系列是由"黄"与来自不同领域的名词组成的"黄"的聚合系列,"黄"依赖于不同领域的名词而形成了第一次分化,分化出了表现客观世界的"黄"色和表达主观世界的"黄"义。表现客观世界的"黄"色非常丰富,色值跨度也很大。表达主观世界的"黄",主要是指"黄"所携带的文化内涵,即跟皇家相关的尊贵、富贵之义。而由"黄榜""黄尘""黄发""黄扉""黄阁"组成的聚合则从多个角度将"黄"的文化意义进行了第二次分化,反映出"黄"作为一个文化语码所蕴含的文化内涵的不同侧面:"帝王、皇家的""追求功名的""地位显赫的""富贵的、富态的"这些细化的涵义各有侧重又自成一体。

2. [不同颜色词+相同名词] 的组合系列

宋词中不时会出现同一个名词被不同颜色词修饰而形成的含彩词,如,"黄尘—红尘""黄发—白发"等,将这类含彩词进行对比,相信从中可以窥见"黄"与其他颜色词在语义上,特别是文化含义上的差异性。

黄尘—红尘:

例 3-107 黄尘扑扑谩争荣。(赵师侠《鹧鸪天》)

例 3-108 利名汩没黄尘里,又那知、清胜无穷。(赵师侠《风入松》)

例 3-109 况与佳人分凤侣,盈盈粉泪难收。高城深处是青楼。红尘远道,明日忍回头。(张先《临江仙》)

例 3-110 往事忆开元。妃子偏怜。一从魂散马嵬关。只有<u>红尘</u>无驿使，满眼骊山。（欧阳修《浪淘沙》）

虽然查阅注释，"黄尘"与"红尘"都可以被解释为"尘世、俗世"，但阅读相关词作后我们却不难发现二者的区别。前文曾谈到，"尘"即"尘世"，由于给人带来同样的"混沌、迷惑"之感而用"尘"来隐喻人生的各种"场"。使用"黄尘"的词作多数是感慨"官场"的纷乱，如，

例 3-111 唤取<u>黄尘</u>冠盖客，暂来徙倚片时间。（吕胜己《瑞鹧鸪》）

例 3-112 叹<u>黄尘</u>久埋玉，断肠挥泪东风。（孙道绚《醉思仙》）

而翻开使用"红尘"词作，往往看到不同的光景，即更倾向于表达"情场"的失落与迷惑，如，

例 3-113 岂知别后，好风良月，往事无寻处。狂情错向<u>红尘</u>住。忘了瑶台路。（晏几道《御街行》）

例 3-114 别来楼外垂杨缕，几换青春。倦客<u>红尘</u>。长记楼中粉泪人。（晏几道《采桑子》）

跟"黄"相比，宋词中的"红"在很多情况下是一个"女性化"较强的词，而相对于多数为男性的创作主体，"女性"往往透着"情爱"的意味，因此"红尘"一词更倾向于表达与情感、男女之情相关的意味。虽然随着语言的发展，"黄尘"渐渐被遗忘，"红尘"已被人们用作了"尘世、俗世"的一个普遍表达，但其实这种意味到今天仍隐隐地存在着，并可以从大量流行歌曲的歌词中体味到。

黄发—白发：

"黄发"与"白发"都可以转喻老人，但"黄发"老人往往是尊贵、富态且长寿的，如，

例 3-115 天教慈母寿无穷，看君<u>黄发</u>腰金贵。（张孝祥《踏莎

行》)

例3-116 <u>黄发</u>四朝元老,又谁知、重生绿发。(程垓《水龙吟》)

例3-117 <u>黄发</u>丝丝,赤心片片,俨中朝人物。(魏了翁《醉蓬莱》)

例3-118 紫髯<u>黄发</u>,到今如此清健。(黄人杰《念奴娇》)

相比之下,"白发"老人则显得有几分苦涩,常常是失落的,甚至是有几分潦倒的,如,

例3-119 人不寐。将军<u>白发</u>征夫泪。(范仲淹《渔家傲》)

例3-120 无可奈何新<u>白发</u>,不如归去旧青山。(苏轼《浣溪沙》)

例3-121 而今<u>白发</u>三千丈,愁对寒灯数点红。(向子諲《鹧鸪天》)

例3-122 成何事,独青山有趣,<u>白发</u>无情。(吴泳《沁园春》)

"白发"往往意味着青春已去,已经开始变老但却不一定是长寿,如果没有变成"黄发"的境遇,也就不一定会长寿,于是就会显出些许凄凉。

通过对[颜色词+发]的不同组合进行对比可以发现,"黄发"中的"黄"所携带的文化信息对这两个词在语义侧重和语用倾向上的区别起到了关键性的作用,从而"黄"所包含的文化含义更明显地凸显出来。

第四节 黄色系列颜色词简析

一 黄色系列颜色词在《全宋词》中的使用频度统计

表3　　　　黄色系列颜色词的词频统计

颜色词	金	缃	褐
出现次数	4527次	26次	20次

注：语料中"金"的使用常常既指材质也形容颜色，只有一部分是
单纯用于指颜色。如，

例3-123 三月和风满上林。牡丹妖艳直千金。（晏殊《浣溪
沙》）

例3-124 梅萼冰融，柳丝金浅，绪风还报初春。（史浩《满庭
芳》）

例3-123中"金"指金钱；例3-124中"金"表示金色。

二　黄色系列颜色词的义素对比分析

表4　　　　　　　　　　黄色系列颜色词表义特征分析

对比项 颜色词	色相描述	常见语境	由颜色的常见语境引发的语义特点	非颜色义（可能与颜色有隐性联系）	文化义	民间俗义
金	金黄色	金制或染成金色的器物；自然界其他反射出金色光的事物	华美的；富贵的；皇家的	贵重的；坚固的	—	—
缃	浅黄色	只用于丝织品或植物	—	—	—	—
褐	黑黄色	形容粗布或粗布衣的颜色或直接指粗布衣	—	—	—	—

第五节　本章小结

总的来看，宋词中的颜色词"黄"单用于词句中时表现出三类语义
内容：表现自然界和生活中的各类黄色、表现女子妆束的色彩、表现较为
抽象的富贵、尊贵或长寿之意。

"黄"承担不同的句法角色时，其功能主要有两种：描写性功能和指
称性功能。具体表现为，

"黄"作谓语和定语时，主要体现出<u>描写性</u>功能，如，

例 3-125　斜阳外、水冷云<u>黄</u>。（石孝友《愁倚阑/春光好》）
例 3-126　正柳<u>黄</u>梅淡，染金匀粉。（黄中《瑞鹤仙》）

"黄"作主语或宾语时，则主要体现出<u>指称性</u>功能，如，

例 3-127　娇<u>黄</u>照水，经渭城朝雨。（曹勋《竹马儿》）
例 3-128　更篱下、折尽疏<u>黄</u>。（石孝友《愁倚阑/春光好》）

上例中的"黄"分别指称"柳条"和"菊花"。

从修辞学的角度，颜色词的指称性功能可以看成是文学艺术中转喻的用法。转喻即通过 A 物与 B 物之间的某些相关性，如"部分与整体""颜色与实体""工具与使用者"等，用 A 物指代 B 物，通常的情况是用较为具体、显见的事物来转喻较为抽象的、隐晦的事物或概念（不排除在某些特殊情况下出现相反的情况）。颜色作为人类的视觉——获知世界最重要的感觉——所管辖的信息，很容易被获得、也能轻易地被语言表达，因此颜色词就经常性地成为了转喻的工具。事实上，修辞学中的转喻用法与颜色词的指称性功能并不矛盾，而恰恰是因为最初文学艺术中的转喻给人们提供了更便捷、更美妙的表达途径，于是推而广之、普遍地被使用并被接受，才使颜色词终于正式地获得了转喻或称为"指称性"这一语用功能。直到今天，颜色词的指称功能已经成为了人们日常生活语言中屡见不鲜、习而不察的用法，如，"这回买板蓝根别买错了，买那绿盒的，别买成黄的了"；"补钙，选蓝瓶的！"（广告语言），等等。

"黄"单用于句中时所能表达的三种语义内容，都不同程度地进入"黄"所构成的含彩词语中。值得注意的是，"黄"在单用时的第三种语义，"富贵、尊贵或长寿"之意，在"黄"的指称性功能中，用"黄"转喻这类抽象的概念是一种较为简单化的处理，是把其中所包含的种种复杂的民俗文化，通过文化上的相关性这一简单的机制而整个地作为了指称的对象。事实上，在第三种语义里"黄"所代表的、或者说是"黄"所能反映的是另一个民俗文化的领域，可以说是另一个"小世界"，其中还包含着诸多方面的文化内涵，每一个方面都具有不同的侧重点，而这种种

内涵，在某些"黄"所构成的双音词意义的整合中又发挥着巨大的作用。

"黄"的各种语义都不同程度地进入含彩词语的语义构成中。其中表现自然界或普通生活物件的"黄"多见于词义简单相加的含彩词语中，如，黄牛、黄菊；而"黄"的文化内涵则更多地进入无法从字面义推知词汇义的整合构词中，如，黄尘、黄埃、黄阁等，并通过隐喻或转喻的机制在整合的词义中体现出来。

从"黄"的语义演化上看，"黄"除了表示颜色义上的"黄色"，还可以表示由不同色值、质感的黄颜色所承载的其他语义，如"黄口""黄童""丁黄"中的"黄"蕴含着"嫩、幼"的语义；"枯黄"之"黄"隐含着"衰败"之义；而"黄阁""黄门""黄尘"中的"黄"则代表着中国古代文化中皇家的尊贵、官家的地位显赫之义。

第四章

基本颜色词"红"之分析

第一节 总体概述

红色是中国颜色文化乃至古今社会文化中一个非常重要的组成部分。现代汉语中的颜色词"红"一般是指鲜红色或正红色，即类似于新鲜血液或者说类似于中国国旗的颜色。这种正红色，也是中国古代文化中的"五色"之一，只是在上古时期，人们更多地用"赤"这个词语来表达这种颜色。

据相关的统计数据显示①，在甲骨文和金文中，"红"这个词还尚未出现；在《尚书》《诗经》《楚辞》《论语》《孟子》《春秋经传》《礼记》《荀子》《庄子》《吕氏春秋》等先秦文献典籍中，"红"也极少见（只出现了 3 次），而"赤"和"朱"则分别出现了 67 次和 53 次。很明显，在上古汉语中，代表红色的主要是"赤"，或者"朱"。从《说文解字》对"红"的解释"红，帛赤白色"，和段玉裁注"春秋释例曰'金畏于火，以白入于赤，故南方间色红也'，……按此今人所谓粉红、桃红也"可以看出，上古时的"红"原指的是粉红色、浅红色，是由白、赤两种颜色间杂而成的"间色"。

"红"最早代表粉红色的丝织品，并没有作为专门的颜色词。而从《楚辞》② 开始，"红"渐渐地由一种浅红色丝织品演变为一个颜色词，并取代"赤"而成为了重要的原色词。《史记》中，更多的还是以"赤"

---

① 程娥：《汉语红、黄、蓝三类颜色词考释》，硕士学位论文，武汉大学，2005 年。
② 程娥：《汉语红、黄、蓝三类颜色词考释》，硕士学位论文，武汉大学，2005 年。如，《楚辞·招魂》："红壁沙版，玄玉梁些"，王逸注："红，赤白色，沙，丹沙也。"此处"红"已经不是单纯的表示红色的丝织品，而是可以独立出来的颜色词了。

来表示红色（"赤"出现 201 次，表示颜色的有 91 次，"红"出现了 36 次，其中有 12 次是用于表示颜色的），但二者距离已渐小。在收录了从汉代到唐五代大量乐府名作的《乐府诗集》中，"赤"已不再普遍使用，"红"渐渐取代"赤"成为了最主要的表示红色的颜色词。到了唐宋时代，"红"已经成为了一个使用率极高的颜色词。

本章仍以《全宋词》为语料库，并将从句法形式、表义内容以及语义文化等方面对颜色词"红"在其中的使用情况展开较为全面的分析与研究。

从各颜色词在《全宋词》中的字频统计①上来看，"红"是各颜色词中出现频率最高的，在《全宋词》中共出现了 5052 次之多。其出现形式可主要分为两种情况：一是"红"作为中心成分（或单用、或被其他词语修饰后）用于句中；二是"红"作为修饰性成分，与其他词语结合而构成含彩词语。

以下对《全宋词》中颜色词"红"的使用研究将分别从这两种出现形式进行；同时，针对这两类不同情况，我们的研究视角也将有所异同。

第二节　"红"在句中单独使用情况分析

一　"红"在句中单独使用的句法分析

"红"单用于句中的情况在《全宋词》出现了约 1115 例。其中"红"对于颜色的表现几乎涵盖了包括自然界以及人们社会生活中的各类红色。颜色词"红"在句中单独使用时的主要句法功能如下：

表5　　　　　　　"红"在句中单独使用充当各种句法成分统计表

句法成分	作主语	作宾语	作谓语	其他
出现次数	约 638 次	约 225 次	约 217 次	约 68 次

（1）"红"在句中作主语，此类大约有 638 例，如，

---

① 《全宋词字频表》由南京师范大学开发的《全宋词计算机检索系统》而得。共收集《全宋词》（中华书局 1997 年版）21085 首，词文共 1417695 个字，实用 6167 种汉字。

例4-1 碧凝香雾笼清晓，红入桃花媚小春。（张抡《鹧鸪天》）

例4-2 春风路，红堆锦，翠连云。（辛弃疾《六州歌头》）

例4-3 晚红初减谢池花，新翠已遮琼苑路。（晏几道《木兰花》）

例4-4 雨歇花梢魂未醒。湿红如有恨。（高观国《谒金门》）

例4-5 翠偏红坠。唤起芙蓉睡。（吴文英《点绛唇》）

例4-6 兽炉重展向深闺。红入麒麟方炽。（葛立方《西江月》）

"红"在上例中均作为主语出现。

（2）"红"在句中作宾语，大约出现了225例，如，

例4-7 被嫩绿、移红换紫。（吴潜《满江红》）

例4-8 残妆浅，无绪匀红补翠。（柳永《望远行》）

例4-9 半笑倚春风，醉脸生红，不是胭脂色。（沈蔚《醉花阴》）

例4-10 向画堂深处，拥红斟绿。（无名氏《满江红》）

例4-11 低鬟处、翦绿裁红。（吴文英《高山流水》）

以上各例中"红"充当宾语。

（3）"红"在句中作谓语，大约有217例，如，

例4-12 芍药打团红，萱草成窝绿。（洪咨夔《卜算子》）

例4-13 牡丹红透，荼蘼香远。（王炎《忆秦娥》）

例4-14 露红烟绿，尽有狂情斗春早。（晏几道《小山词》）

例4-15 黄堂宴，春酒绿，艳妆红。（贾应《水调歌头》）

例4-16 万里东风。国破山河落照红。（朱敦儒《减字木兰花》）

例4-17 海霞红，山烟翠。（柳永《早梅芳》）

（4）其他（存疑），即无法清晰地从句法角度进行分析的例句，约68例，如，

例4-18 脉脉荷花，泪脸红相向。（晏几道《蝶恋花》）

例 4-19 风又雨。吹面落花红舞。（丘崈《谒金门》）

例 4-20 春浅梅红小，山寒岚翠薄。（石孝友《南歌子》）

上例中的"红"，既可以理解为描述前面名词的谓词性成分，也可以理解为名词性成分，作主谓结构的小主语。又如，

例 4-21 露和啼血染花红，恨过千家烟树杪。（欧阳修《玉楼春》）

例 4-22 向来染得渭脂红。（刘辰翁《虞美人》）

例 4-23 红碧好池塘，朱绿深庭户。（赵长卿《卜算子》）

例 4-21、4-22 中的"红"可以理解为"染"的补语，也可以分别理解为"花"和"脂"的小谓语；例 4-23 中"红"可以看作是"池塘"的定语，也可以理解为主谓倒装的谓语。

以上简单地对"红"在句中单独使用时的句法功能进行了梳理，实际上，"红"在充当各种句法成分时，其语义所指各不相同。

二 "红"在句中单独使用的语义分析

本节主要分析："红"在不同句法功能下所表达的语义（即"红"当什么讲）；不同场景语境中"红"表现出的语义内容；"红"的语义在隐喻或转喻时的特点，等等。

1. "红"在句中作主语时的语义内容

"红"在充当主语的情况下，其所表达的语义，从字面上来看就是"红颜色"，或是将"红"用作名物化用法，为"红色的"（某物）；

从深层实际的语义来看，由于"红"作为主语成为了被描述的对象，因此句中的"红"往往是有所指的，而且其所指的对象也不尽相同。

（1）当"红"表现自然界植物的颜色时，"红"常常当红色的"花""花瓣"或"叶"讲，如，

例 4-24 从教红满地，何须扫。（葛郯《感皇恩》）

例 4-25 翠罗衫上，点点红无数。（葛郯《玉蝴蝶》）

例 4-26 断送红飞花落树。（欧阳修《渔家傲》）

例 4-27 枫叶满阶红万片。(无名氏《红窗迥》)

例 4-28 红紫又一齐开了。(柳永《红窗迥》)

然而更多的情况下,我们无法确切地指出句中"红"具体的所指,因为"红"所表达的往往是一种抽象的印象、感觉甚至是象征。

这些语义的表达往往跟词句的语用手段结合起来,即通过特定的表达方式来传达这些抽象的语义。

作为主语的"红"所指较为模糊,那么它的语义可以通过其"近语境"的限制,即相邻或发生句法关系的成分的语义,间接地传达出来;比如,

例 4-29 是处红衰翠减,苒苒物华休。惟有长江水,无语东流。(柳永《八声甘州》)

句中的"红"并不具体地转喻某一种或某一丛红色的花或果实,而是与另一颜色词"翠"对举,并通过其"近语境"即叙述词"衰""减",以及在语义上存在一致性的下句"苒苒物华休",将其深层的实际语义传达出来,"红衰翠减"即"花草盛开的景象衰败了";

此时的"红"即转喻"各种花盛开的景象"。这里用事物的颜色特点来转喻事物的表达方式体现了人们认知和语言表达上的一种常见方式,同时也充分体现了颜色词的所指性功能。

有的词句中,"红"不是被看作事物本身的一个特点从而转喻该事物,而是被看作是独立于某事物的实体来加以描述的,如,

例 4-30 红著蟠桃春不老。(无名氏《蝶恋花》)

例 4-31 试问春归何处。红入小桃花树。(无名氏《如梦令》)

例 4-32 红入桃腮,青回柳眼,韶华已破三分。(王观《高阳台》)

在上例词句中,"红"作为独立于事物或载体的一种抽象物质或实体存在并自主活动,注入自然界的"蟠桃""桃花"上,除了颜色上"红"的感觉,这里的"红"同时带给人"活力""生命力""青春"和"美

貌"等等意味。

（2）当"红"表现跟人相关的各类事物的颜色时，"红"在句中的语义表现为以下几类：

①"红"表现人物服饰（服装、首饰等）的颜色特点，如，

例4-33 翠偏红坠。唤起芙蓉睡。（吴文英《点绛唇》）

例4-34 重头歌韵响铮琮，入破舞腰红乱旋。（晏殊《木兰花》）

例4-35 恣游不怕，素袜尘生，行裙红溅。（吴文英《烛影摇红》）

例4-36 尽是当时，少年清梦，臂约痕深，帕绡红皱。（吴文英《醉蓬莱》）

有的词句采用以"红"转喻人物服饰本身的描写方式，如例4-33中"红"即指美人佩戴的首饰；

有的词句中"红"即指红颜色，将"红色"作为有形、独立的个体进行描写，如例4-35中"红"即指人感官上感知到的"红颜色"。

②表现人物面部的红晕之色，如：

例4-37 称觞春酒，一饮红生双颊。（欧阳光祖《瑞鹤仙》）

例4-38 脸边红入桃花嫩，眉上青归柳叶新。（徐俯《鹧鸪天》）

例4-39 量窄从来，红凝粉面，尊见无凭说。（窃杯女子《念奴娇》）

此时的"红"即指面部的"红晕"，其中有的"红"是酒后生出的自然红晕，如例4-37；有的是化妆胭脂的红晕，如4-38；还有的未指明原因，可能是害羞的红晕或是脸上自然透出的红晕，如4-39。

③"红"直接指人，而且仅限于指女子，如，

例4-40 红翠成轮歌未遍。（张先《离亭宴》）

例4-41 正金屋妆成，翠围红绕，香霭高散狻猊。（曹勋《安平乐》）

例4-42 乘风欲去，凌波难住，谁见红愁粉怨。（朱敦儒《鹊桥

仙》）

例 4-43 明朝一棹人千里，多少红愁与翠颦。（赵善括《鹧鸪天》）

上例中的"红翠"，即指歌舞的女子；"围红"，"红绕"中的"红"即指云集的歌女；"红愁粉怨""红愁与翠颦"都表现出了女子的痴怨之态，其中的"红""粉""翠"均可以理解为幽怨的女子。

（3）当"红"表现由太阳光线散发出的红颜色时，"红"主要表现自然界太阳、云霞、水与天的颜色。在句中的语义一般是"红色"（作主语或宾语），如，

例 4-44 望海霞接日，红翻水面，晴风吹草，青摇山脚。（周邦彦《一寸金》）

例 4-45 五城烟敛。剪碎采云红点点。（仲殊《减字木兰花》）

2. "红"在句中作宾语时的语义内容

"红"作宾语所表现的语义与作主语时的相似，如，当"红"表现自然界植物的颜色时，从字面来说就是"红色"，从实际所指上来说主要可以理解为两类：

一是从微观视角上代表"红色的花或叶"，如，

例 4-46 菊团封绿，莲萼凋红，萧然独见芳姿。（王之道《声声慢》）

例 4-47 是小蕚堆红，芳姿凝白。（无名氏《如梦令》）

另一类是从宏观视角上代表"有花的盛景"，有时是春天百花盛开之景，有时是盛夏荷莲之景等，而不具体地指某一朵或一枝花，如，

例 4-48 挽红留翠，为东皇、那住二分春色。（史浩《念奴娇》）

例 4-49 踏尽青青打尽红。（元绛《减字木兰花》）

例 4-50 染素匀红，知费尽，多少东君心力。（毛并《念奴娇》）

例 4-51 奖绿催红，仰一番膏雨，始张春色。（史达祖《金盏

子》)

例 4-52 公子豪华，贪红恋紫，谁分怜孤荨。（南山居士《永遇乐》）

例 4-53 残蝉度曲，唱彻西园，也感红怨翠。（吴文英《莺啼序》)

这两类语义虽视角有所不同，但都是通过颜色词的转喻由"红"来呈现的。

当"红"表现跟人相关的各类事物的颜色时，"红"作宾语所表现的语义与作主语时的相似，可以表现人物面部的红晕之色，如，

例 4-54 残妆浅，无绪匀红补翠。（柳永《望远行》）

例 4-55 芳脸匀红，黛眉巧画宫妆浅。（周邦彦《烛影摇红》）

例 4-56 靓妆眉沁绿，羞脸粉生红。（晏几道《临江仙》）

或者直接指人，而且仅限于指女子，如，

例 4-57 且恁偎红翠，风流事、平生畅。（柳永《鹤冲天》）

例 4-58 念聚星高宴，围红盛集，如何著得，华发陈人。（朱敦儒《沁园春》）

3. "红"在句中作谓语时的语义

"红"在句中作谓语时可以表达两种语义：一是表示红色的状态；二是表示颜色的变化。当然在具体语境中"红"所描写的色质各不相同。

（1）当"红"表示红色的状态时，可以理解为"红着"，有时会有状语修饰，即"怎样地红着"，如，

描写植物的红色：

例 4-59 斜阳外，芳草碧，落花红。（刘辰翁《六州歌头》）

例 4-60 烟苞沁绿，月艳羞红。（魏了翁《柳梢青》）

例 4-61 芍药打团红，萱草成窝绿。（洪咨夔《卜算子》）

例 4-62 戎葵闲出墙红，萱草静依径绿。（晁补之《诉衷情》）

描写人物服饰、面貌或妆容的红色：

例4-63 马上新人红又紫，眼前歌妓送还迎。（刘辰翁《鹧鸪天》）

例4-64 黄堂宴，春酒绿，艳妆红。（贾应《水调歌头》）

例4-65 君貌不长红，我鬓无重绿。（晏几道《生查子》）

例4-66 眉正绿，脸常红。（郭应祥《鹧鸪天》）

描写由太阳光线散发出的红颜色：

例4-67 万里东风。国破山河落照红。（朱敦儒《减字木兰花》）

例4-68 海霞红，山烟翠。（柳永《早梅芳》）

（2）当"红"表示颜色的变化，即"变红"，如，

例4-69 暑风清微，梅腮渐红，麦须未黄。（黄机《沁园春》）

例4-70 梅花，君自看，丁香已白，桃脸将红。（葛立方《满庭芳》）

例4-71 头来白，频先红。（黄人杰《鹧鸪天》）

例4-72 点头更问儿孙看，慈母蟠桃几度红。（无名氏《鹧鸪天》）

从"红"作不同句法成分、在不同语境中所表现的具体语义可以看出，当"红"进入词句被不同的词语所描述时，其语义就便通过各自"近语境"的描述而"激活"，于是"红"的语义内涵就在颜色的基础上增加了一些文化内涵，变得更加厚重和立体。

事实上，我们发现，在宋词的创作中，对"红"的描述手段呈现出一些程式化的倾向。正是由于"红"进入了这些程式化的描写框架，使得"红"的语义内涵更加丰富和相对固定。

三 "红"在句中单独使用的语用分析

1. "红"在句中单独使用时的常见描写框架

上节中我们发现，在宋词的创作中，对"红"的描述手段呈现出一

些程式化的倾向。正是由于"红"进入了这些程式化的描写框架，使得"红"的语义内涵更加丰富和相对固定。下面我们将对这些"近语境"组成的描写框架进行分析总结，并归纳出几类常见的程式化描写框架。

A. 描写颜色的普通框架

"红"作主语时语义主要指"红色"，其近语境主要是对这个颜色进行描述。如，

> 例4-73 红染云机翠锦。（高观国《西江月》）
>
> 例4-74 红著溪梅，绿染前堤柳。（石孝友《蝶恋花》）
>
> 例4-75 回首芜城旧苑。还是翠深红浅。（李之仪《如梦令》）

在此类描写框架中的"红"并不具体指某物，就是当"红颜色"理解，因此其他词句表现出对"颜色"这一概念的描写特点，这主要体现在谓词上，如上例中的"染""著""深""浅"词一般多用于对颜色概念的描述，而"红"处于此框架下，即被赋予了颜色实体的性质。

B. 描写花草的框架（转喻）

在此类框架下，"红"被当作一类特点的事物"花或花瓣"来描写，因此在人们理解词句时，须通过转喻的思维方式将"红"理解为具有红色的花或花瓣，在此类描写框架中"红"的语义可以理解为"红色的花或花瓣"。如，

> 例4-76 从教红满地，何须扫。（葛郯《感皇恩》）
>
> 例4-77 翠罗衫上，点点红无数。（葛郯《玉蝴蝶》）
>
> 例4-78 红满地、落花谁扫。（王秋实《忆王孙》）
>
> 例4-79 红紫又一齐开了。（柳永《红窗迥》）
>
> 例4-80 更满意、绿密红稠。（丘崈《夜合花》）

C. 隐喻框架

在语言的编解码加工上比之前的 A、B 又多了一层，即首先"红"转喻花、花瓣或花开的景色，其次又以描写人或其他与颜色并无必然联系的事物的词语对"红"所转喻的事物进行描写，应该说这体现了经过加工的文学语言的复杂性一面。

对"红"进行隐喻描写的框架主要有以下几类：

a. 以人的情感、姿态、动作来隐喻地描写"红"所代表的花、花瓣或景色的特点、气质、姿态等，如，

例4-81　绿怨红愁，长为春风瘦。（刘天迪《凤栖梧》）

例4-82　爱莲香送晚，翠娇红妩。（陈允平《扫花游》）

例4-83　红娇绿软芳菲遍。（无名氏《青玉案》）

例4-84　鸠雨催晴，遍园林、一番绿娇红媚。（刘镇《花心动》）

例4-85　嫩苞叠叠湘罗，红娇紫妒。（张榘《祝英台近》）

上例中的谓词性成分"愁""妩""娇""媚"等，一般多用于形容人，特别是女子姿态、情貌，而用这些词来陈述和描写颜色词"红"，于是"红"原本转喻的花或花瓣便无形中又被隐喻成了美丽的女子。

b. 以抽象的能量（自然气息/生命体的活力）、青春、美貌等来隐喻"红"所代表的花、花景的特性、气质、变化等，如，

例4-86　料得如今，也翠销红歇。（张辑《醉蓬莱》）

例4-87　翠冷红衰，怕惊起、西池鱼跃。（吴文英《解连环》）

例4-88　翠迷倦舞，红驻老妆，流莺怕与春别。（张矩《应长天》）

例4-89　误少年，红销翠减，虚度风光。（陈允平《意难忘》）

上例中的谓词性成分"销""歇""衰""驻"等，常见于描写某些抽象的概念，如"青春永驻""精力衰退"等等。

在此类描写框架中，用这些词来描写"红"，于是"红"所代表的事物便同时被隐喻为抽象能量、青春和美貌等等。

事实上，在宋词中将"红"所代表的事物隐喻为女子或抽象的青春、美貌等概念来加以描写的方式非常普遍，几乎可以说是已经形成了程式化的模式。

c. 其他的隐喻框架。

如以纺织物、光线、液体等来隐喻地描写"红"所代表的花、花瓣的（微观特点）特点。如，

例 4-90 放芙蓉、岸花十里，翠红成幄。（刘德秀《贺新郎》）

例 4-91 海棠红皱，不奈晚来寒，帘半卷，日西沈，寂寞闲庭户。（谢懋《蓦山溪》）

例 4-92 海榴灼灼红相映。（欧阳修《渔家傲》）

例 4-93 故园多少，紫殷红凝。（吴潜《二郎神》）

例 4-94 红滴海棠娇半吐。（张镃《蝶恋花》）

例 4-95 三尺玉泉新浴，莲羞吐、红浸秋波。（李冠《六州歌头》）

跟普遍出现的前两类隐喻框架相比，此类描写常常具有临时性的特点。

通过上文分析可以发现，将"红"纳入各种语用框架进行描写常常发生于"红"在句中作主语的情况下，而对充当宾语的"红"的描写手段要相对简单一些。这与宾语本身的语法意义有一定关系，因为不再作为被描述的主体，隐喻用法大大减少（而且即使有将"红"所指的花隐喻为女子也不太明显），只有少数的隐喻用法，如，

例 4-96 真珠溥露菊，更芙蓉、照水匀红。（王之道《向山词》）

上例将花瓣的红色隐喻为女子化妆用的胭脂。而事实上这样的描写是基于一个隐含的隐喻框架进行的，即在这个描写背后隐含着一个把"芙蓉花"隐喻为"梳妆女子"的前提。

2. "红"在句中单独使用的语用特点

宋词中的"红"在句中单独使用时，语用特点主要表现为，具有很强的女性化倾向。

除了上节提到的，在表现自然植物颜色时，常常用转喻花朵的"红"与女性互相隐喻外，在表现跟人物相关场景中的红色时，颜色词"红"几乎也专用于描写女性甚至直接指代女性，仅有寥寥几例描写的不是女性，如，

例 4-97 少年荆楚剑客，突骑锦襜红。（张孝祥《水调歌头》）

例 4-98 君貌不长红，我鬓无重绿。（晏几道《生查子》）

例 4-99 看取乃公双颊、照人<u>红</u>。（朱敦儒《风蝶令》）

例 4-97 中的"锦襜"，指漂亮的军服，这里突显出男子的英姿之气。例 4-98、4-99 中的"红"着重表现君公的风发意气。

但与大量的描写女性的词句相比起来，这极少数的几例便很快被淹没了。绝大多数"红"所描写的场景往往是与女性相关的，如，

例 4-100 翠偏<u>红</u>坠。唤起芙蓉睡。（吴文英《点绛唇》）

例 4-101 重头歌韵响铮琮，入破舞腰<u>红</u>乱旋。（晏殊《木兰花》）

例 4-102 恣游不怕，素袜尘生，行裙<u>红</u>溅。（吴文英《烛影摇红》）

例 4-103 尽是当时，少年清梦，臂约痕深，帕绡<u>红</u>皱。（吴文英《醉蓬莱》）

例 4-104 有恨眉尖皱碧，多情酒晕生<u>红</u>。（赵长卿《西江月》）

例 4-105 芳脸匀<u>红</u>，黛眉巧画宫妆浅。（周邦彦《烛影摇红》）

例 4-106 几点胭脂印指<u>红</u>。一双蛾绿敛眉浓。（郭世模《浣溪沙》）

例 4-107 娇面胜芙蓉。脸边天与<u>红</u>。（晏几道《菩萨蛮》）

《全宋词》中"红"所描写、所关注的物品虽然存在少数不一定与女性相关的事物，但大多数描写的对象均与女性相关，如，帘幕帐、闺房卧具、陈设用品、剪纸、织绣、信笺、红烛、香炉、美酒、灯笼，等等。

这是宋词中"红"的使用中最为典型的语用特点。宋词中"红"的使用与女性化语境之间的相互选择和适应的关系显得非常突出。应该说，这与宋词本身的娱乐功能、内容倾向以及审美趣味都有很大的关系。

至于为什么是"红"象征女性？我们只能从事物本身的特性出发作出一些猜测。

猜测：女子与花的同质同构；红花对花类的代表性。

古今中外的艺术作品中，将女子与花相提并论几乎已成了自然而然的事，因为女子与花实在是在各方面都表现出太多的相似：女子与花的美丽、各种各样的花对应着天下女人各自不同的美；花朵的绽放对应着女人

最黄金的时期；花朵的枯萎凋落更是让女人们惺惺相惜。因此在文学作品中，对花朵和女子的描写手法往往表现出同质同构的特点，即用同样的谓词、形容词去描述、修饰她们，或者互相隐喻。

红色的花对于花类具有代表性。尽管根据植物学的调查，自然界中的花以白色的为最多，但是我们应注意的是，植物学的调查是对整个地球的调查，因此包括了许多人迹罕至之处的野花，而在人类社会内部，具有观赏性的花类往往得到人类的青睐。红色的花由于其鲜艳的特性往往更容易刺激人的感官并留下印象，因此，一提到花类，人们往往更容易联想到红色的花朵。因此这样一来，"红"通过转喻花朵，间接地常常与女性联系在了一起。

第三节　"红"构成含彩词语的使用情况分析

一　"红"构成含彩词语的物象分类

《全宋词》中由"红"构成的含彩词语约 226 个，这些词语所表达事物的类别从自然界到社会生活、从实在个体到抽象概念不等。我们首先将这些词语从物象①上进行初步的分类，主要涉及以下几类：

（1）动物类（包括真实存在的和传说中的动物名）：

红蚕、红蝶、红蜂、红鹤、红鳞、红麟、红翎、红鸾、红狨、红猊、红兽、红蚁。

（2）植物类

红苞、红蓓、红刺、红蒂、红豆、红萼、红芳、红房、红柑、红荷等。

（3）自然地理天象类

红浪、红露、红泥、红泉、红日、红霞、红雪、红雨、红云等。

（4）社会生活人工物件类

红油、红脸、红瓷、红灯、红酒、红网、红烛、红笺、红纸、红炉等。

（5）跟人体部位（主要是女性）相关的名称：

---

① "物象"即指含彩词语所代表的具体事物。

红臂、红唇、红颊、红泪、红脸、红眉、红面、红肉、红腮、红心、红颜。

（6）"红"+抽象名词

红片、红意、红情、红影、红晕、红妆、红姿、红围、红阵、红纹等。

二　含彩词语的语义分析

大部分含彩词语中的"红"语义上仍主要表示颜色，但在与另一个构成部分即单音名词结合时，词义整合的方式不尽相同。比如，有的含彩词语的语义就等于两部分的字面词义之和，如"红萼""红蜂"等；有的含彩词在具有字面义的同时，出现了非字面义的用法，有时这些用法由于大量使用逐渐形成了该含彩词的新的义项，如"红粉""红袖""红颜"等；还有的含彩词的语义本身就不等于字面义的简单加合，而是通过一定的方式整合而成，"红轮""红雨"等。下面将结合例句对含彩词语语义的形成方式，以及颜色词"红"在其中的语义特点进行分析和研究。

1. 含彩词语语义即字面义，"红"在语义中主要表现颜色义，即"红色的"。如，

> 例4-108　绿枝红萼。江南芳信年年约。（张元干《醉落魄》）
> 例4-109　眼看红芳犹抱蕊。丛中已结新莲子。（晏殊《蝶恋花》）
> 例4-110　楚天晚，白苹烟尽处，红蓼水边头。（张耒《风流子》）
> 例4-111　琉璃十碗。兽炭红炉暖。（郭应祥《霜天晓角》）
> 例4-112　红药万株，佳名千种，天然浩态狂香。（晁补之《望海潮》）

以上各例句中"红萼""红芳""红蓼""红炉""红药"等含彩词语中的"红"即表示"红色的"，"红"在其中主要起到描写、表现颜色的作用。

2. 含彩词的语义仍为字面义，在使用中出现了隐喻或转喻的用法，

但属修辞现象，并未进入词义义项之中。"红"在词义中仍主要表现颜色。如，

红蜡：

例4-113 漫红蜡香笺，难写旧凄恻。（刘埙《买陂塘》）
例4-114 梅晕渐开红蜡垒。菊篱尚耀黄金蕊。（杨无咎《渔家傲》）

"红蜡"即红色的蜡烛，例4-113中"红蜡"在词句中就是指红烛，使用其字面的语义。例4-114中"红蜡垒"可以理解为红蜡般的花托。

红色的蜡烛与梅花的花托本来没有什么联系，却由于颜色与质感上的相似性，在古人的感知上形成了一种隐喻的联系，于是便用"红蜡"来隐喻"花朵的花托"。

但这种隐喻还仅限于较为临时的修辞性用法，还不能将其看作是"红蜡"的一个义项。又如，

红绡：

例4-115 倚朱扉，泪眼滴损、红绡数尺。（杜安世《杜韦娘》）
例4-116 红绡舞袖萦腰柳，碧玉眉心媚脸莲。（谢逸《鹧鸪天》）
例4-117 叶蒻红绡，砌菊遗金粉。（柳永《甘草子》）
例4-118 为当时、曾写榴裙，伤心红绡褪萼。（吴文英《澡兰香》）

"红绡"，意为红色薄绸，多用于女子的服饰。例4-115与例4-116中的"红绡"使用了其真实的语义，而例4-117、例4-118中，则用"红绡"隐喻植物的花瓣。这类隐喻的心理机制应该也是源于红色薄绸与花瓣之间在颜色与质感上的相似性联系。又如，

例4-119 红豆不堪看，满眼相思泪。（赵彦端《生查子》）
例4-120 红豆恨，归谁促。（王千秋《满江红》）

宋词中还有一类含彩词语比较特殊，其词义应该说就是其字面上反映出的语义，但其字面义的所指物往往是抽象的或不存在的，于是在语言中使用时往往是隐喻其他事物，如，

红浪：

例4-121 霞觞满酌摇红浪。慢引新声云际响。（杨无咎《玉楼春》）

例4-122 青丝，行白玉，一杯介寿，红浪粼粼。（史浩《满庭芳》）

例4-123 论情旋旋移相就。几叠鸳衾红浪皱。（欧阳修《蝶恋花》）

例4-124 忆绣帏贪睡，任花悄晨影，移上帘钩。被池半卷红浪，衣冷复熏篝。（仇远《忆旧游》）

"浪"一般指水形成的波浪，而红色的波浪则似乎是不存在的，除非是被阳光照映反射出红色或被其他物质染成红色，因此其本身就是一个较为抽象的概念。

而在宋词中往往出现用"红浪"去隐喻其他事物状态的修辞用法。如例4-121、4-122隐喻杯中的酒波；例4-123、4-124隐喻红色盖被的形态。

事实上，这跟隐喻通常是用常见、熟悉事物隐喻抽象事物的规律并不矛盾，波浪是古人生活中常见的事物，"红"只是起到描写颜色的作用；另外酒杯中的水纹与被子的褶皱都是比较难以描摹的状态，因此便借用了"波浪"这个较为常见熟悉的概念；同时，"波浪"在中国人心目中是一种较为诗意化的意象，宋词重描写的审美取向也是促使语言使用者选择用"浪"隐喻酒纹和被褶的因素之一。

3. 含彩词语语义有多个义项，其中某个义项是字面义通过转喻或隐喻生成的意义。如，

红粉：

例4-125 起来云鬓乱，不妆红粉，下阶且上秋千。（欧阳修《满路花》）

　　例 4-126 斗匀红粉照香腮。有个人人，把做镜儿猜。（辛弃疾《南歌子》）

　　以上两例中的"红粉"指古时女子化妆用的胭脂和铅粉，"红"在词义中形容颜色。

　　正是由于古时的美女常常使用红粉化妆，红粉与美人之间便在人们心目中产生了经常的相关性，于是在讲究遣词造句的文学语言创作中，作者便用"红粉"转喻并指代"美女"。

　　经过人们写作时长期的争相效仿和在人们认知理解中获得接纳，"红粉"一词便具有了一项获得普遍认可的义项，即指"美女"。

　　例 4-127 更旁无红粉有青奴，堪娱夜。（刘克庄《满江红》）

　　例 4-128 红粉唱。山深分外歌声响。（欧阳修《渔家傲》）

　　例 4-129 莫恨黄花未吐。且教红粉相扶。（苏轼《西江月》）

　　例 4-130 空留风韵照人清。红粉尊前深懊恼。休道。（苏轼《定风波》）

　　例 4-131 红粉莫悲啼，俯仰半年离别。（苏轼《好事近》）

　　以上几例中的"红粉"，均当"美女"讲。又如，
　　红裙：

　　例 4-132 碧玉箆扶坠髻云。莺黄衫子退红裙。（张先《定风波令》）

　　例 4-134 金尊照坐红裙绕。怪一饷、歌声悄。（王之道《青玉案》）

　　例 4-144 歌唤红裙，酒招青旆。（高观国《踏莎行》）

　　例 4-135 倾白堕，拥红裙。（郭应祥《鹧鸪天》）

　　例 4-132 中的"红裙"，即指女子所穿的红色裙子，即字面义。例 4-133、4-134、4-135 中，"红裙"则当"美女"讲，同样也是基于相关性的转喻而产生的义项。类似的转喻"美女"的含彩词还有，
　　红袖　红妆　红颜：

例 4-136 谁家红袖倚津楼。替人愁。(贺铸《替人愁》)

例 4-137 寿酒邀宾至。寿筵两畔列红妆。(胡文卿《虞美人》)

例 4-138 红颜移步出闺门，偷揭绣帘相认。(无名氏《西江月》)

4. 含彩词语的语义不等于字面两部分之和，真实语义是字面义隐喻形成的，如，

红轮：

例 4-139 谁知林外鸡三唱，推出红轮海上峰。(史浩《鹧鸪天》)

例 4-140 同云收尽，红轮初上，对面狼峰好。(张榘《青玉案》)

"红"即红色的，"轮"，字面义为车轮，但"红轮"一词的含义并非"红色的车轮"，而是喻指"红日"，"红"和"轮"分别表现颜色与形状，进而隐喻红色的太阳。又如，

红雨：

例 4-141 莺愁燕苦春归去。寂寂花飘红雨。(欧阳修《桃源忆故人》)

例 4-142 燕子来时，清明过了，桃花乱飘红雨。(晁端礼《春晴》)

例 4-143 眉澹翠峰愁易聚，脸残红雨泪难匀。(朱敦儒《浣溪沙》)

例 4-144 见凤枕羞孤另，相思洒红雨。(方千里《法曲献仙音》)

从字面来看，"红雨"即"红色的雨"，但跟"红浪"类似，红色的雨似乎并不真实地存在，而是隐喻其他与之有相似性的状态。例 4-141、4-142 中隐喻"落花"，"红"泛指花瓣的颜色，"雨"则隐喻飘落的状态。

例 4-143、4-144 中"红雨"指女子落泪。值得注意的是，其中

"雨"比喻泪滴下落的样子，而"红"在此处已不仅仅是表现颜色，而主要在于说明是"女子的"眼泪。这与另一含彩词"红泪"的情况相似，下文将详细说明。

总之，上例中"红雨"的两个义项都是由字面义的隐喻表达出来的，从表面上看，"红雨"和"红浪"在词义呈现方式上很相似，但区别在于前者的"红"对颜色的表现有了泛指、虚化的倾向。

5. 含彩词语的语义不等于字面两部分之和，且词义整合度较高，"红"的颜色义较为虚化，其他相关携带信息起关键作用。如，

红泪：

> 例4-145 望陵宫女垂红泪，不见翠舆归。（王珪《发引》）
> 例4-146 相逢细语初心错。两行红泪尊前落。（晏几道《醉落魄》）
> 例4-147 正拂面垂杨堪缆结。掩红泪、玉手亲折。（周邦彦《浪淘沙》）

上例中的"红泪"并非仅指"红色的泪"，而是专指"女子落下的泪"。用"红泪"指女子的泪，可能有两个原因，一是可能由于女子的脸颊常常用腮红化妆，所以如果泪滴流下便透出腮红的红色，因而称"女子的眼泪"为"红泪"；

另一个原因是出自典故，据《拾遗记》载①：魏文帝有个很宠爱的美人叫薛灵芸，当初以良家女选入宫廷，哭别父母，用玉壶盛泪，壶马上染成了红色，到了京城，壶中的泪水已经凝成血块了，此后便称美人流下的泪为"红泪"。无论最开始是出于哪个原因，当"红泪"一词的词义经过长期使用整合固定下来后，"红"所表现的颜色义已经虚化，在语言使用者的认知推理中"红泪"已经直接投射为"女子的泪水"。

至此，我们发现在长久的传统社会文化历史发展过程中，"红"与"女人"之间在人们心理上产生了一种微妙的联系。

也许是由于女人与花之间的种种相似性，加上红色花对于花类的代表性使得红色与女人之间产生的联想；也可能是因为女人常常化妆将脸颊涂

---

① 朱德才主编：《增订注释全宋词》（第三卷），文化艺术出版社1997年版，第511页。

红，或者常常穿着红色的服饰，使得红色与女人之间建立了经常性的联系；又或许是来自于古人对血液最原始的认知，红色的血液即象征着生命力与活力，这种原始的生命力即来自女性的身体。

无论最初的来源何在，又或者每种因素都同时存在，长久以来在同一个历史文化环境下的人们便形成了这样一种认知上的关联。

下面几例含彩词的词义组合不仅体现了"红"与女性之间的联系，同时还蕴含着跟女性相关的一系列文化内涵。如，

红窗：

例 4-148 想初襞苔笺，旋挥翠管红窗畔。……似频见、千娇面。（柳永《凤衔杯》）

例 4-149 柳下笙歌庭院，花间姊妹秋千。记得春楼当日事，写向红窗夜月前。（晏几道《破阵子》）

例 4-150 已是红窗人倦绣。春词裁烛，夜香温被，怕减银壶漏。（吴文英《青玉案》）

例 4-151 红窗外、何处啼莺。已办春游双画舫，几时晴。（无名氏《愁倚阑令》）

"红窗"，可能确实是红色的窗户，油漆染红的或是红烛透出的红光，但通读词作可以发现，最重要的因素是，有"红窗"的场景中几乎必有女性元素，要么有女子在场，要么是思念一位女子，如上例。

因此，"红窗"更确切的词义为"女子闺房的窗"，在整个词义中，"红"已不仅仅只表颜色，更重要的是在传达"女性化"的意味。又如，

红楼：

例 4-152 紫殿红楼春正好。杨柳半和烟袅。（王灼《清平乐》）

例 4-153 月影参差人窈窕，小红楼。（蔡伸《愁倚阑》）

例 4-154 劝清光，乍可幽窗相伴，休照红楼夜笛。（蒋捷《瑞鹤仙》）

例 4-155 红楼横落日，萧郎去、几度碧云飞。（史达祖《风流子》）

例 4-156 唤青娥、小红楼上，殷勤劝酒。（刘过《贺新郎》）

　　"红楼"之"红"可能确实有油漆涂成的红色，但这并不是"红"所表达的语义重点。"红楼"可以泛指华美的楼房，一般平民家的房子不太会奢侈地装潢，如果使用了以红漆为代表的装饰手段，那么这楼房必然是较为华丽的，如例4-152。

　　在宋朝时代，富贵人家的女子往往住在华美的楼房里，同时，歌伎馆中歌伎所居的楼房也往往称为"红楼"，如例4-153至4-156。

　　这一方面反映出宋代歌楼舞馆的兴盛和歌姬文化的特点，另一方面从语言使用的角度看，"红楼"，无论是怎样身份地位的人居住，重要的是都在突出居住者为女子这一特征，因此，"红楼"之"红"表达了两个语义重点，一是"较为华美的"楼房；二是"女子居住的"楼房。

　　红尘：

　　最后，"红尘"是一个值得关注的含彩词，它在《全宋词》中共出现约184次，可以说宋词作品中对"红尘"的使用，集中体现了"红"围绕着颜色义所携带的种种文化内涵。

　　"红尘"一词由来已久，也是人们比较熟悉、常常使用的词。曾有人说"红尘"一词来自佛教，但这是个误会。"红尘"一词在汉语语言中由来已久，只是后来被佛教借用而已。长久以来，只要是汉语使用者，无论是佛教还是其他，都同时在使用着这个词。

　　"红尘"一词出自东汉文学家、史学家班固《西都赋》的诗句："阗城溢郭，旁流百尘，红尘四合，烟云相连。"① "红尘"在句中的原意是指"车马扬起的飞尘"，整句的大意是说，"热闹喧嚣人流扬起的尘土（红尘），从四方合拢，充满全城，尘土与烟云都连在一起。"于是"红尘"便转喻而指"繁闹尘市""繁华的都市"。

　　"红尘"一词用于指"人世间"，大概是从唐代开始使用的。据说"因为长安在西北，是黄土地质，盛世之下的长安总是车水马龙，在夕阳下卷起的尘土在当时长安人看来是红色的，故有红尘之说"②，宋词中有很多隐括前人诗句或典故入词的词句，透过相关的语料可以找到一些旁证，如，

　　例4-157 <u>红尘</u>自古长安道。故人少。（晏几道《秋蕊香》）

---

① 引自汉典网（www.zdic.net）对"红尘"一词的解释。
② 引自百度百科（http：//baike.baidu.com）对"红尘"一词的解释。

例4-158 红尘一骑，曾博妃子笑。(赵以夫《荔枝香近》)

例4-159 骑马踏红尘，长安重到。(赵企《感皇恩》)

于是"红尘"开始作"人世间"解释，并被佛家借用，且从佛教的理念出发对其意义进行新的阐释。

佛家讲"此岸"与"彼岸"，普通人生活的"人世间"在佛家看来便是此岸的"俗世"，这样一来，整个词义在心理上便产生了"俗世"与"出世"的对立，正是由于这种心理上的对立，往往如果一个人用"红尘"来指世界，也就同时表达了自身对这个世界的看法和对社会生活的感受。于是"尘"似乎更加形象地代表了"纷纷攘攘的、浑沌的、令人迷乱的世俗生活"。

那么"红"呢？如果只是因为一开始由于特殊的土质和夕阳的照射，相信不会激起同时代各地的人以及后世更多人们的心理共鸣，一个重要的原因就是长久以来"红色"在这个社会集体文化心目中形成的一系列象征与联想。

如前文所述，"红"所代表的一个重要文化含义便是"女性"，相对于古代的男权社会而言，象征"女性"的"红"也就代表着"情爱"或者"婚姻"。如果"红"成了"婚姻"，就带上了喜庆的气氛，这也与后世的传统社会文化中的"红"的含义相符。

然而，一旦这份"情爱"变成了"飞尘"，也就是"红"与"尘"结合成了"红尘"，就没有什么喜庆可言了，"红"依然只代表"与女子的情爱"，这份情在纷纷扰扰的尘世上最终一同化成了飞尘。

《全宋词》中大部分的"红尘"表达的是与女性、爱情相关的情场中的失意，如，

例4-160 红尘紫陌，斜阳暮草长安道，是离人、断魂处，迢迢匹马西征。又记得临歧，泪眼湿、莲脸盈盈。(柳永《引驾行》)

例4-161 况与佳人分凤侣，盈盈粉泪难收。高城深处是青楼。红尘远道，明日忍回头。(张先《临江仙》)

例4-162 岂知别后，好风良月，往事无寻处。狂情错向红尘住。(晏几道《御街行》)

例4-163 倦客红尘。长记楼中粉泪人。(晏几道《采桑子》)

事实上，在语言使用的过程中，"红"并不仅限于对"女性化特征"的表达，因为对于以男性为主的创作主体而言，与女子的情爱只是他们人生追求的一个方面，或者说是社会生活中种种欲望的一个代表。

"红"的背后是以"女性、爱情"为代表的世间的种种诱惑，象征着各种人生追求和世人的欲望，具体指什么呢？我们可以从没有什么正统束缚的宋代歌词中获知一二：

例 4-164 京洛红尘，因念几年羁旅。浅颦轻笑，旧时风月逢迎，别来谁画双眉妩。（谢懋《石州引》）

例 4-165 红尘紫阳春来早。晚市烟光好。（王庭珪《醉花阴》）

例 4-166 蹭蹬青云未遂，奔走红尘何计，敛袂且还家。（石孝友《水调歌头》）

例 4-167 踏青何处所，想醉拍、春衫歌舞。征旆举。一步红尘，一步回顾。行行愁独语。想媚容、今宵怨郎不住。来为相思苦。（无名氏《驻马听》）

例 4-168 软红尘、有人相等。……开宴处、笙歌频奏声。（沈瀛《风入松》）

例 4-169 檀栾宫墙数仞，敞朱帘绣户。正春暖、飘拂和风，衮入红尘香雾。见丝柳青青，袅娜如学宫腰舞。（汪元量《莺啼序》）

"风月""画双眉""春""晚市烟光""青云""醉拍""春衫歌舞""开宴""笙歌""檀栾宫墙""朱帘绣户"等，可以看出，"红"几乎代表了世间的种种诱惑：恋爱厮磨、踏青赏春、繁华夜市、升官富贵、豪华场所、笙歌艳舞、美酒美食等。

可以说，在汉语文化意识中，红色已经涵盖了种种人们所追求的世间美事，红色即是世间。

"平步青云、升官富贵"也是世人的欲望之一，宋词中有少数"红尘"的使用侧重表达了对名利的追求，如，

例 4-170 跳出红尘，都不顾、是非荣辱。……这白麻黄纸，岂曾经目。（方有开《满江红》）

例 4-171 蹭蹬青云未遂，奔走红尘何计，敛袂且还家。（石孝友

《水调歌头》）

但在《全宋词》中，对于"官场"的纷乱更多地是用"黄尘"来表现，关于"黄"所蕴含的"皇家""官家""位高权重"等文化内涵在本书的第二章作了较为详细的论述。

总之，虽然有少数"红尘"也表达了官场的诱惑——事实上求做官本来就属于"红"所代表的世间诱惑的一方面——但在宋词语言中"黄尘"与"红尘"还是存在一些各自不同的侧重。

应该说，宋词创作中"红尘"之"红"更加侧重与女性相关的情感、或者是表现如美景、美人、美酒、美食等这些俗世之欢愉、人间的烟火。

第四节　红色系列颜色词简析

一　红色系列颜色词在《全宋词》中的使用频度统计[①]

表6　　　　　　　　　　红色系列颜色词的词频统计

颜色词	丹	朱	绛	殷	赤	檀	彤
出现次数	1108 次	1098 次	325 次	284 次	272 次	267 次	69 次
颜色词	茜	赫	酡	赭	绯	绀	紫
出现次数	44 次	38 次	37 次	32 次	15 次	67 次	1082 次

注：丹、殷、檀、赫等词的使用中，只有一部分表颜色；如，

例4-172 枫叶初丹，苹花渐老，蘅皋谁系扁舟。（晁端礼《百宝装/新燕过妆楼》）

例4-173 大道无名，金丹有验，工夫片时。（夏元鼎《沁园春》）

例4-172"丹"表示颜色；4-173中"丹"为名词。

---

① 频度统计数字均引自《全宋词字频表》（由南京师范大学开发的《全宋词计算机检索系统》生成）

例 4-174 腻红匀脸衬檀唇。晚妆新。暗伤春。（苏轼《江城
子》）

例 4-175 幸有微吟可相狎，不须檀板共金尊。（林逋《瑞鹧
鸪》）

例 4-174 中"檀唇"指红唇，4-175 中"檀板"指檀木板，不一定
是红色。

另外，"绀"、"紫"已经处于红色与其他颜色的交接边缘，严格意义
上不应算作红色系列颜色词，但为了方便比较，本书姑且将之与红色系列
词并置。

二　红色系列颜色词义素对比分析

表 7　　　　　　　　　红色系列颜色词表义特征分析

对比项 颜色词	色相描述	常见语境	由颜色的常见语境引发的语义特点	非颜色义（可能与颜色有隐性联系）	文化义	民间俗义
丹	大红、橘红、金红	颜料、建筑漆色；面色、唇色；植物花叶；云霞	华丽、绚丽	赤诚（丹心、丹诚）	—	—
朱	大红	多见于建筑、纺织品、服饰染色；少数表现植物；面容、脂粉	富贵、显贵（由用于建筑、服饰的特点而来）	—	对应：南方；火、太阳；夏季	—
绛	稍深的大红	多见于纺织品、服饰的染色	—	—	南方色	—
殷	发黑的红色	多描写自然景物或人面容的颜色	—	程度深；盛大、众、厚	—	—
赤	大红、火红	表现自然景物多于人工染色	—	忠诚、真纯；空、无；裸露	对应五行中的"火"	恶毒（赤口）
檀	浅红色	只用于描写女子面唇或花色	—	—	—	—

续表

对比项 颜色词	色相描述	常见语境	由颜色的常见语境引发的语义特点	非颜色义(可能与颜色有隐性联系)	文化义	民间俗义
彤	大红、彩红	多用于描写云霞	彩、绚丽	—	—	—
茜	大红色	只用于植物或纺织品染色	—	—	—	—
赫	火红色	太阳、天空	炽烈、显盛	—	—	—
酡	脸红	只用于酒后脸红	—	—	—	—
赭	红褐色	多用于服饰	—	—	—	—
绯	(偏紫红的)深红色、深桃花色	形容桃花或官服色	—	—	—	—
绀	带红的青色	某些与佛教相关的事物	—	—	—	—
紫	即紫色（包括偏红或偏蓝）；红色与蓝色的合成色	广泛	道教中的祥瑞色；某些朝代的帝王色	—	—	—

第五节　本章小结

本章对颜色词"红"的两类使用情况，即"红"在句中单独使用和"红"构成的含彩词语，分别进行了深入分析。

总体来看，在两宋时代的《全宋词》中，"红"的使用处于一个较为活跃的时期。

一方面，随着"红"代替其他赤类颜色词成为"红色类"中最重要的原色词（基本颜色词），"红"在表颜色时便显示出了较为丰富的色相①，表现的颜色几乎可以涵盖从自然界到社会生活甚至人体本身的各种场景。

———————

① 色相，是颜色的属性之一，也是用于颜色测量术语。通俗地说，色相即各类色彩的相貌称谓，如大红、普蓝、柠檬黄等。

　　另一方面，在面对语言实践中大量的表达需求时，表颜色的"红"不仅可以在句中充当各种句法成分，同时还具有了构成新词的能力。

　　在这些过程中，"红"的语义内容、语用倾向以及文化内涵都渐渐地生发出了一些颜色意义之外的内容，而这些内容跟"红"的颜色义本身又存在着紧密的联系。确切地说，这些语言文化内涵是附着于颜色意义的，没有这个颜色，就没有这种意义。

　　本章第二节首先对"红"在句中单独使用时的句法特征进行了梳理，进而分别对"红"在不同句法功能下所表达的语义进行了分析。

　　在对"红"所表达的语义进行分析的同时，我们发现，在作为文学语言的宋词中，"红"在语言编码上具有一些鲜明的语用特色。比如，大量词句中都出现了"红"直接指花、指人（主要是女性），或代表一些抽象的实体，如能量、青春、活力、生命力以及感情。

　　这些象征意义并不好归入颜色词"红"本身的义项中，但却又实实在在地存在于大量的宋词词作当中。因此，我们将这些意味看作是颜色词"红"文化内涵的一部分。

　　应该说，这些文化内涵跟当时的社会文化、古人的审美趣味以及宋词的创作传统都有一定的关系。比如，综观晚唐五代直至清代的词作品，其中将"红"作为女性的象征已经形成了一种创作中默认的文化符码，一种遣词造句的程式化做法。

　　宋词的创作在一定程度上便延续了这种程式化的使用规则。以"红"代表女性的开端者或许该去晚唐五代或者更早的时期寻找，而这一种语用手法能够演变为词这个亚文化圈中一项程式化的规则，也恰恰证明了这种联系在人们心理上确实具有较为普遍的心理现实性。

　　本章第三节首先对"红"构成的含彩词语从物象上进行了初步分类，进而从实际的语义整合情况出发，对不同语义形成类型的含彩词进行了分析与研究，并结合语料对各类含彩词在宋词中的使用情况以及颜色词"红"在含彩词语语义中呈现出的附加内涵进行了分析和阐释。

　　最后得出结论：在宋词文化中，"红"与女子间产生了一定的象征关系。而世间只有两种人，男人和女人，一般来说他们之间默认的关系即爱情；于是相对于以男性为主的宋词创作群体来说，代表女性的"红"往往也就同时携带着"情爱"的意味。很多情景下，无论是使用"红"去描写或直接指代某个客观事物，往往会蒙上一层暧昧的意味。

　　因此，颜色词"红"在宋词语言中的社会文化内涵，即代表着"女性""情爱"和"俗世之欢愉"。由此也带来了"红"在语用上的功能特色，即使语言和所描写的对象呈现出"女性化""柔媚化"和"暧昧化"的倾向。

第五章

基本颜色词"青"之分析

第一节 总体概述

"青"是古代汉语中常用的一个颜色词，同时也是常常令人感到迷惑的一个词，因为似乎它所能表现的颜色，在今人的角度看来并不能算是同一种颜色。

关于"青"能够表示不止一种颜色的现象、"青"与这些颜色之间的关系以及"青"为何能表示多种颜色的问题，很多前辈学者都曾进行过研究并且得出了一些较为可信的结论。比如，有的学者认为，"青"最初所表示的颜色是较为清晰和单一的，即"树木茂盛时的葱绿之状"①，即常用于形容绿色树木茂盛的情景。因此，"青"除了在颜色上表示绿色外，还侧重于形容茂盛的树木带给人的一片葱绿的观感。

另外，"青"除了表示绿色外又可以表示蓝色，可能跟蓝草染色有关②。"蓝草是我国最早利用的一种植物染料。用蓝草鲜叶直接揉浸出的颜色为蓝带绿色，和'青'所表示的颜色相似，于是用蓝草染出的颜色也称之为'青'"。

关于"青"既表示绿色，又表示蓝色的原因，还有学者认为是跟中国古代矿物的特点有关，如徐朝华先生通过中国科技史和矿物学方面的著作了解到，"在我国古代，共生的蓝铜矿和孔雀石是冶炼青铜的两种重要原料，蓝色的蓝铜矿又可作蓝色颜料，绿色的孔雀石又可用作绿色颜料。共生矿中两种矿石的成分没有固定比例，因而或呈蓝绿色，或呈绿带蓝

---

① 潘峰：《释"青"》，《汉字文化》2006 年第 1 期。
② 潘峰：《释"青"》，《汉字文化》2006 年第 1 期。

色，或呈蓝带绿色。于是，人们用一个模糊词'青'去指称它们"①。

另外，"青"在中古以后又有了表示黑色的用法。

有学者从光学物理的角度来解释这一现象："绿、蓝、黑虽色差较小，但光刺激程度不同，它们所得到的色相是不同的。色相是不同波长的光刺激所引起的不同颜色的心理反应。从生理学的角度来说，眼睛的着色功能会把较短波长的太阳光过滤出来。在看得见的短的波长之间，由于对蓝色的敏感性减少了，眼睛的颜色视角因此也就受到了限制。这样，颜色的命名行为就受到了影响，造成了把绿色看成是蓝色，蓝色看成是黑色，甚至于把蓝色和绿色都看成是黑色等现象。"②这姑且可以作为颜色词"青"能够表示多种颜色的理据之一。

由此可见，"青"最初所表示的颜色即接近绿色的颜色，后来"青"所表现颜色的范围逐渐扩大且往往边界模糊。应该说，这与一开始人们对绿色的模糊感知有关，因为自然界中的绿色往往是深浅不一，或者说在连续性的色谱上本身就与其他颜色如灰、蓝、紫、黑等存在模糊的交界。

在我们的语料《全宋词》中，"青"可以表示多种颜色的情况依然存在，在不同的语境下，有时指绿色，有时指蓝色，还有时指黑色，到底指什么颜色，得在具体的语境中看它跟什么词组合，在什么情形下用。

另外，颜色词"青"的使用情况还表现出另一些特点，比如，"青"除了可以表示绿色、蓝色、黑色以外，有时还可以表现一些色相模糊的颜色，如"青烟""青霭"可能是灰蓝色或蓝紫色；"青铜"呈蓝绿色；"青黛"更接近于墨绿色；等等。

而且，由于缺少当时文物实物的旁证，许多人工染色物件的颜色究竟是偏绿色还是偏蓝色也无法下定论。如，对于"青衫""青纱"等的具体颜色往往无法考证。

同时，由于宋词本身具有的文学加工性质，也大大增加了其化用前代典故的空间，于是保留了许多上古时期含有颜色词的语言成分，这类词汇中"青"的颜色意义往往已经虚化，更多地是作为上古时代社会文化的一种符码而存在的，如"青君""青门"等。

下面对《全宋词》中的"青"分别在含彩词语和单用在句中表示颜

①　徐朝华：《上古汉语颜色词简论》，《语言研究论丛》总第8辑，南开大学出版社1999年版，第15页。

②　潘峰：《释"青"》，《汉字文化》2006年第1期。

色的情况进行初步归纳。

（1）"青"在含彩词语中表现颜色的情况

A. 表现绿色，如，

青橙、青刍、青房、青峰、青瓜、青荷、青竹、青榆、青田、青杏等。

B. 表现蓝色，如，

青汉、青天、青空、青雰。

C. 表现靛蓝色或深绿色，如，

青巾、青锦、青织、青帐、青袖、青绡、青幄、青帏、青纱等。

D. 表现黑色或墨绿色，如，

青鬓、青发、青鬟、青瞳、青目、青眉。

E. 表现其他较模糊的颜色

①可能指蓝紫色，如，

青霭、青雾、青烟、青蜃、青磷。

②可能指昏暗的青白色，如，

青灯、青釭、青辉。

③青铜的蓝绿色，如，

青镜。

④深绿带黑色，如，

青匡（即蟹壳）。

F. 与古代文化相关的含彩词语，"青"的颜色义较虚化

青帝、青神、青琴、青齐、青年、青律、青君、青禁、青工、青岁等。

（2）"青"单用在句中表现颜色的情况

A. 表现绿色，如，

例5-1 荷叶田田青照水。孤舟挽在花阴底。（欧阳修《渔家傲》）

例5-2 青入柳条初著色。溪梅已露春消息。（陈师道《渔家傲》）

例5-3 小院春来百草青。拂墙桃李已飘零。（陈克《浣溪沙》）

例5-4 柳困花慵，杏青梅小，对人容易。（程垓《水龙吟》）

例 5-5 修竹连山青不断。(徐玑《谒金门》)

"青"单用于句中表现绿色,多见于描写山水草木等自然语景中。
B. 表现黑色,如,

例 5-6 堂前拜月人长健,两鬓青如年少时。(无名氏《鹧鸪天》)

例 5-7 刘文叔、眼青不改,故人头白。(无名氏《满江红》)

例 5-8 丹脸渥,秀眉青。(史浩《鹧鸪天》)

例 5-9 尽头白、眼青如旧。(洪咨夔《贺新郎》)

"青"单用于句中表现黑,多见于对人物外貌的描写。
C. 表现天空的淡蓝或夜晚的深蓝色,如,

例 5-10 笑淹留,划然孤啸,云白天青。(周伯阳《春从天上来》)

例 5-11 一弄入云声。月明天更青。(张孝祥《菩萨蛮》)

例 5-12 野绿连空,天青垂水,素色溶漾都净。(张先《翦牡丹》)

例 5-13 桥河水白天青,讶别生星斗。(张先《玉树后庭花》)

例 5-14 南浦潮生帆影去,日落天青江白。(范成大《念奴娇》)

D. 表现幽暗光线的青白色,如,

例 5-15 一痕归影灯青。(王梦应《醉太平》)

例 5-16 夜久酒阑,火冷灯青,奈此愁怀千结。(赵鼎《花心动》)

例 5-17 被冷沈烟细,灯青梦水成。(李光《南歌子》)

例 5-18 孤馆灯青,野店鸡号,旅枕梦残。(苏轼《沁园春》)

E. 表现烟雾的蓝紫色,如,

例 5-19 且慢析轻匀，留醉酒垆侧。烟青雾白。（赵必𤩽《摸鱼子》）

例 5-20 静昼轻挥玉尘，见春扉草绿，暮冶烟青。（陈允平《八声甘州》）

例 5-21 烛花吹尽篆烟青。（石孝友《阮郎归》）

F. 表现抽象的色彩概念，或与文化相关的用法，不表示具体事物的颜色，如，

例 5-22 洗雨烘晴。一样春风几样青。（辛弃疾《采桑子》）

例 5-23 学舞宫腰，二月青犹短。（张先《蝶恋花》）

例 5-24 快上承明步武，展尽玉堂事业，再使旧毡青。（戴翼《水调歌头》）

例 5-25 粲斗分星。诗句当年汗简青。（洪适《减字木兰花》）

下面仍将《全宋词》中"青"的使用情况分为两大部分，即用于句中和构成含彩词语两类情况，分别进行深入的分析。

第二节 "青"在句中单独使用情况分析

一 "青"在句中单独使用时的句法分析

《全宋词》中"青"单用于句中的情况共出现了 256 次，其中"青"充当各种句法成分的情况如下表：

表8   "青"用于句中时充当句法成分情况统计

句法成分	充当主语	充当宾语	充当谓语	其他
出现次数	约 69 次	约 20 次	约 161 次	约 6 次

1. "青"在句中作主语，如，

例 5-26 红入桃腮，青回柳眼，韶华已破三分。（王观《高阳台》）

例 5-27 青盘翠跃，掩映平林寒涧。（黄裳《瑶池月》）

2. "青"在句中作宾语，如，

例 5-28 雾鬓风鬟，不改旧时青。（莫蒙《江城子》）
例 5-29 双眸炯炯秋波滴。也解人间青与白。（周紫芝《木兰花》）

3. "青"在句中充当谓语的情况最多，可表现的颜色也最为丰富，如，

例 5-30 江南二月春深浅，芳草青时，燕子来迟。（吴元可《采桑子》）
例 5-31 梅自飘香柳自青，嘹唳征鸿过。（止禅师《卜算子》）

二　"青"在句中单独使用时的语义分析

1. "青"充当谓语时的语义分析

"青"作谓语时的语义可以从字面语义和实际语义两方面来看，具体表现为两类情况：

（1）字面语义和实际语义均表示颜色，有时表示事物颜色的状态，有时表示事物颜色的一种变化，如，

例 5-32 捣练子，赋梅青。（无名氏《捣练子》）
例 5-33 王孙别去草萋萋，十里青如染。（仇远《烛影摇红》）
例 5-34 萼绿堂前一笑，封老干、苔青莓碧。（吴潜《暗香》）
例 5-35 都不记、琵琵洲畔，草青江碧。（赵彦端《满江红》）

以上例句中的"青"均表示事物颜色的存在状态。有些时候，"青"可以指"变青"，表示事物颜色的变化，如，

例 5-36 江南二月春深浅，芳草青时，燕子来迟。（吴元可《采

桑子》）

例5-37 渺南北东西草又<u>青</u>。（葛长庚《沁园春》）

例5-38 真娘墓草几回<u>青</u>。（王同祖《西江月》）

总的来看，当"青"在句中的字面义和实际义均表示颜色时，在词句中的功能多用于写景描色，在表现春色、山色、天色、烟色、灯光色的词句中，多是形容颜色持续存在状态；而在表现草、树木、果实等植物的颜色时，"青"表示状态和变化情况共存，但明显表现颜色变化的例句还是居少数。

（2）字面语义表示颜色，实际语义超出了颜色内容，语用功能主要不在于描写景色，而在于表达更为丰富的意义，如，

例5-39 叹自古、宫花薄命，汉月无情，战地难<u>青</u>，故人成土。（刘辰翁《莺啼序》）

"青"字面义可理解为"变青"即"长出青草"，而用在此处，战场长出青草、变青，则意味着休战、不再打仗，人们过上安定的生活。

应该说，这些意义还是基于"青"的颜色义在特定的语境中临时产生的用法。

下面几例中"青"的语义更多地体现出了"青"（确切地说是"青"所表达的颜色）在中国古代各方面文化中的内涵。

例5-40 十年依旧破衫<u>青</u>。空书制敕绫。但知心似玉壶冰。牛衣休涕零。（杨泽民《醉桃源》）

中国古代的服饰文化是非常讲究的，从款式到颜色都有较为明确的分工。其中用于服饰色彩中的"青"，其色相、色值以及所对应的地位高低都经历了一些历史的变化。

到了唐宋时期，青色的服饰在士人阶层中是比较低等的，最为著名的便是白居易的名句："座中泣下谁最多？江洲司马青衫湿。"因此，在宋词中当"青"用于形容服饰颜色时，往往意味着品位低下或仕途失意。

上例中"十年依旧破衫青"，字面义是"十年间衣衫的颜色依然是青

色"，实际的语义实指做官的品级依旧很低，仕途没有得志。

事实上，以上两例都是通过表面的现象来传达事情的实质，而"青"作为人衣服的颜色最容易被人们的视觉感官捕捉到，也较容易用语言表达出来，于是便转喻了这个现象本身。

还有一些用法中"青"的颜色义更加虚化一些，如，

例5-41 粲斗分星。诗句当年汗简青。（洪适《减字木兰花》）

粲斗分星，明亮的南斗星宿所对的分野，即吴越之地。分星，即天上星宿对应的地上分野。

汗简青，即汗简、汗青；古代写字于竹简上，先用火烤竹简使之出汗，干后好写字且不受虫蛀。引申为编成书册或载入历史①。

汗青，出汗的"青"，"青"颜色转喻"青色的竹片"。而"青色的竹简"只是一个代号而已，它转喻的是"载入史册"这个事情的实质。又如，

例5-42 快上承明步武，展尽玉堂事业，再使旧毡青。（戴翼《水调歌头》）

《晋书·王献之传》："夜卧斋中，而有偷人入其室，盗物都尽。献之徐曰：'偷儿，青毡我家旧物，可特置之。'群偷惊走。"后以"青毡"为士人故家旧物之代辞。旧毡复青，指重振故业②。

在上例中，"再使旧毡青"是一个典故的隐喻，"旧毡"，即隐喻"故国"，"青"意指"恢复、重振"。这时，"青"的颜色义已经隐退，而突显的则是对其进行语用推理后产生的隐喻义。又如，

例5-43 如今一笑吴中。眼青犹认衰翁。（张炎《清平乐》）

《晋书·阮籍传》记载："晋阮籍会做青白眼，见凡俗之人，以白眼视之。嵇康携琴造访，籍大悦，乃以青眼（正视之）。"后世即以"青眼"

---

① 朱德才主编：《增订注释全宋词》（第二卷），文化艺术出版社1997年版，第372页。
② 朱德才主编：《增订注释全宋词》（第三卷），文化艺术出版社1997年版，第742页。

喻对人器重赏识①。

宋词中借用"眼青"来传达转喻义"对人看重、喜爱"的词句不在少数，又如，

> 例5-44 杨卢万人杰，见我眼俱青。（京镗《水调歌头》）
> 例5-45 故人情。眼为青。（林正大《江神子》）
> 例5-46 尽头白、眼青如旧。（洪咨夔《贺新郎》）
> 例5-47 赖庐峰、对我眼偏青，曾相识。（赵善括《满江红》）

"用黑色的眼睛正视"是一个非常细小具体的动作，但就是这样的细微之处却最容易形象生动地反映出行为的本质。用人眼之"青"反映对别人重视，就是以某个表象行为的焦点来转喻事情本质的用法。

在古汉语中、特别是文学创作中往往存在一个偶然用法为大家所追捧，因而代代因袭借用的现象，于是便积淀下了深厚的典故文化。

在这些典故文化中，具有视觉刺激优势的颜色词往往更容易起到了凝聚焦点、激活典故联想的文化符码作用。

2. "青"充当主语和宾语时的语义分析

由于主语和宾语特定的语法意义，使得充当这两种句法角色的"青"具有了名词的性质，即指"青色"。在具体的词句中，"青色"所指的具体内容也有所不同。

（1）指植物的绿色、春色、自然的颜色，如，长满绿树的山的颜色、天光的颜色等；词句的表面语义即指这个颜色本身，形容颜色本身如何，如，

> 例5-48 麦野青深，桃溪红暗，浪游何处芳园。（王之道《满庭芳》）
> 例5-49 愿岁岁，见柳梢青浅，梅英红小。（康与之《喜迁莺》）
> 例5-50 弱柳眼回青尚浅，小桃腮晕红将入。（李曾伯《满江红》）
> 例5-51 高柳送青来，春在长林里。（洪适《生查子》）

---

① 朱德才主编：《增订注释全宋词》（第四卷），文化艺术出版社1997年版，第463页。

形容麦田、柳树等绿色。

> 例5-52 远岫四呈青欲滴，长空一抹明於镜。（吴潜《满江红》）
> 例5-53 丹染吴枫，青环越岫，镜天霁色凝鲜。（姜特立《满庭芳》）
> 例5-54 山送青来，僧随麦去，山为吾有。（魏了翁《水龙吟》）
> 例5-55 花树得晴红欲染，远山过雨青如滴。（吴潜《满江红》）

形容远山一片葱绿的景象。

（2）转喻具有这种颜色的事物，多数是较为具体的事物，如树叶、山峰、柳条等，如，

> 例5-56 学舞宫腰，二月青犹短。（张先《蝶恋花》）
> 例5-57 青盘翠跃，掩映平林寒涧。（黄裳《瑶池月》）
> 例5-58 看排闼青来，书床啸咏，莫向惠峰去。（张炎《摸鱼子》）
> 例5-59 柳下系船青作缆，湖边荐酒碧为筒。（黄公绍《潇湘神》）
> 例5-60 小春霏霭瑞蓬莱。寿旦称筋青在。（无名氏《西江月》）

上例中的"青"分别转喻绿杨的嫩芽、树的枝叶、苍翠的山峰、绿色的柳条以及青洌的美酒等。

"青"有时也转喻较为抽象的概念，如，

> 例5-61 绕翠萦青，来约东风醉。（程垓《蝶恋花》）
> 例5-62 只管侵青逐翠，奔走后、岂顾群迷。（张风子《满庭芳》）
> 例5-63 北池之畔西墙曲，与主人、呼青吸绿。（王质《真珠帘》）

其中的"青"和"翠""绿"并不指具体的树或山，但确实指代着某种可触摸、可感知的抽象的事物，比如"绕翠萦青""侵青逐翠"中的

"青"和"翠"可以理解为"青翠的春色";"呼青吸绿"中的"青"和"绿"可以看成是指代"清新的空气",这便是以有形可感的颜色转喻无形抽象的事物。

（3）当表现人的眼睛或头发的黑颜色时,"青"的用法较为特殊,即许多例句中的"青"往往能传达出超出颜色义之外的含义,比如,

> 例5-64 两鬓可怜青,只为相思老。（晏几道《生查子》）
> 例5-65 但使明年,鬓青长在,萱草春风绿。（罗椿《醉江月》）
> 例5-66 临行执手殷勤送,衬取萧郎两鬓青。（刘鼎臣妻《鹧鸪天》）
> 例5-67 雾鬓风鬟,不改旧时青。（莫蒙《江城子》）

句中的"青"字面上指头发的黑色,而当人的头发还是黑色时,往往意味着此人仍正值青壮年。因此用黑色的头发来表现人的状态,转喻青春年华。

第三节 "青"构成含彩词语的使用情况分析

一 "青"构成含彩词语的物象分类

由"青"构成的含彩词语共有约271个,这些词语反映的物象涵盖非常广泛。与之前由"黄""白""红"构成的含彩词语相比,由"青"构成的含彩词语中除了一般会涉及的自然物象、社会生活物品、与人物相关的词以外,还出现了一些意义较为抽象的词语。

按照含彩词语所反映的物象,可以初步地分为以下几类①:

1. 自然景物类,表示天空、山水、气象、动植物类的含彩词语,如,

天空:

青霄、青云、青霞、青天、青旻、青空、青汉等。

山水:

青嶂、青原、青岩、青崖、青溪、青田、青山、青陌、青泥、青

---

① 本小节主要是从字面上对含彩词的所指物作简单初步的分类,尚不涉及含彩词的实际深层语义。

峦等。

自然气象：

青霓、青霜、青烟、青雾、青露、青霁、青虹、青霭、青蜃、青磷等。

植物：

青葱、青枫、青蘩、青萼、青荷、青蒿、青桂、青瓜、青藜、青兰等。

动物：

青蟾、青凤、青翼、青羽、青蝇、青莺、青鸟、青蛇、青虬、青雀等。

2. 表示人和神或表示与人类社会相关事物的含彩词语，如，服饰、生活物品、建筑等。如，

人体部位、人或神：

青眼、青童、青瞳、青头、青士、青奴、青女、青眸、青目、青眉等。

服饰：

青衣、青鞋、青袖、青裳、青衫、青裙、青袍、青袂、青衿、青襟等。

生活物品：

青史、青铜、青编、青册、青枕、青车、青镫、青灯、青盖、青扉等。

建筑：

青阙、青楼、青禁、青宫、青闺、青房、青门。

3. 比较特殊的两类，一类是"青"+抽象名词构成的含彩词语，往往表示较为抽象的概念，如，

青影、青荧、青莹、青意、青窈、青阳、青炜、青岁、青齐等。

另一类是"青"与其他颜色词连用，实际使用中某些词有具体所指，某些词则作为形容词使用，如，青绿、青黎、青黄、青红、青翠、青黛、青紫、青苍、青白等。

二 含彩词语的语义分析

上一小节中只是对含彩词语所表达的物象进行了简单分类，而在语料

中这些含彩词语所呈现出的实际语义情况则较为复杂：

1. 从每个含彩词语在《全宋词》中所呈现出语义的丰富度上来看，有的词语只表达一个意义，即仅有一个义项，这类词约有 180 个，且多数在宋词中的出现频率比较低。如，

> 例 5-68 园馆青林翠槛，衣巾细葛轻纨。（陆游《乌夜啼》）
> 例 5-69 红窗青镜待妆梅，绿陌高楼催送雁。（晏几道《玉楼春》）
> 例 5-70 洲上青苹生处，斗春不管，怀沙人远。（吴文英《瑞龙吟》）
> 例 5-71 林叶殷红犹未遍。雨后青苔满院。（晏殊《清平乐》）
> 例 5-72 落景下青嶂，高浪卷沧洲。（张元干《水调歌头》）

"青林"，即指"苍翠的树林"；"青镜"，即为"青铜镜"；"青苹"，指"一种生于浅水中的草本植物"；"青苔"，指"绿色的苔藓"；"青嶂"，即"如屏障的青山"。

这类含彩词语的语义一般可以由字面两部分意义的相加得来，其中的"青"一般就是表示事物的颜色。

还有一些单义的含彩词，"青"仍表现颜色，但含彩词的词义并不等于字面义，如，

青翼：

> 例 5-73 青翼蓦然来报喜。鱼笺微谕相容意。（赵令畤《蝶恋花》）
> 例 5-74 青翼不来音信断，云窗杳隔三山。（邓肃《临江仙》）

"青翼"在《全宋词》中共出现了 14 次，但其语义并非是一种青色翅膀的鸟类，而是较为固定地指"信使"。

2. 有些含彩词在语料中表现出多个义项，而且义项之间有一定的联系，这类词语大约有 41 个。这类含彩词在语料中一般都表现有两种以上的义项，而且这些义项之间有一定的联系，有时是转喻或隐喻的关系，有时是与传统文化或前代典故相关而产生的语义上的联系，如，

青蛾：

例 5-75 不肯玉箫闲度曲。恼人特把青蛾颦。（李冠《蝶恋花》）
例 5-76 奈一点、春来恨，在青蛾、弯处又生。（蒋捷《恋绣衾》）
例 5-77 红袖舞，青蛾唱。（无名氏《东坡引》）
例 5-78 今岁江楼，载勤歌扇，青蛾应奏。（曾惇《水龙吟》）

例 5-75、5-76 中的"青蛾"指"青黛画的眉毛"；而"蛾眉"往往指"美人的眉毛"。因此"青蛾"便常用于转喻美丽的女子，如例 5-77、5-78 中的"青蛾"即指美人、舞女。

"青黛画的眉毛"和"美丽的女子"这两个义项之间存在着转喻的关系。古代美丽的女子常常用青黛描画自己的眉毛，于是美女的"青蛾"便在人们脑海中留下一种典型的印象，二者之间就建立了一种常常同现的联系，应该说，正是这种联系成为了这种转喻关系的基础。又如，

青帘：

例 5-79 斜阳里，更青帘半卷，在小桥东。（李曾伯《沁园春》）
例 5-80 红妆趁戏，绮罗夹道，青帘卖酒，台榭侵云。（万俟咏《恋芳春慢》）

例 5-79 中的"青帘"指古时酒店门口挂的青布制成的幌子。由于这种青帘常见于酒店酒馆门前，于是"青帘"也常表示转喻的意义，即"酒家""酒馆"，如例 5-80。

青帝：

例 5-81 青帝只应怜洁白，不使雷同众卉。（蒲宗孟《望梅花》）
例 5-82 青帝结束匆匆，转眼朱明了。（刘克庄《祝英台近》）

"青帝"是我国古代神话中的五天帝之一，是位于东方的司春之神。这与"青"所蕴含的文化含义息息相关。

上文曾提到"青"所对应的是"东方"，同时在颜色与四季的对应关

系上，"青"也对应着"春季"，因此位于东方的"春神"即称为"青帝"。基于"青帝"是掌管春季之神的文化背景，于是"青帝"也可以转喻"春季的到来"，如例5-81。

3. 还有的含彩词在语料中表现出多个义项，但义项之间却不存在必然联系；往往是基于不同的角度分别产生出不同的语义。如，

青蒲：

例5-83 溪上青蒲短短、柳重重。（苏庠《虞美人》）

例5-84 白苹洲渚垂杨岸。藕花未放青蒲短。（舒亶《菩萨蛮》）

例5-85 记青蒲、夜半论兵，万人惊诵回天意。（丘崈《水龙吟》）

例5-83、5-84 中的"青蒲"即指水生植物蒲草。

而例5-85 中的"青蒲"则指"青色的蒲团坐具"，多用于天子的内庭，因而此处表示其转喻义，即"天子内庭"①。又如，

青丝：

例5-86 芳辰良宴，人日春朝并。细缕青丝裹银饼。（吴文英《洞仙歌》）

例5-87 晓镜空悬，懒把青丝掠。（秦观《一斛珠》）

例5-88 金钗斗草，青丝勒马，风流云散。（陈亮《水龙吟》）

例5-89 柳暗西湖春欲暮。无数青丝，不系行人住。（杨无咎《曲江秋》）

例5-90 翠柏红椒，细翦青丝韭。（黎廷瑞《蝶恋花》）

上例中都出现了含彩词"青丝"，但在每个例句中的含义所指均不同：

例5-86 中的"青丝"是常常加入糕点馅内或放在糕点表面作点缀的"用青梅切成的细丝"；

例5-87 中指的是"黑色的发丝"；

---

① 朱德才主编：《增订注释全宋词》（第二卷），文化艺术出版社1997年版，第737页。

例 5-88 中的"青丝"指"骑马的缰绳";

例 5-89 中的"青丝"可解作"柳树的柔枝";

而例 5-90 中的"青丝"则指"初生的韭菜"。

事实上，从字面上看，"青丝"就是"青色的丝线或绳缆"，但由于"丝"本身的抽象性就给语言使用者们带来了很大的想象和发挥空间，于是造成了在不同的情景下产生多种语义的结果。

有时，由于出自不同的典故，同一个含彩词也可能在不同情境下表现出不同的含义，如，

青门:

例 5-91 青门柳色随人远。望欲断时肠已断。（欧阳修《玉楼春》）

例 5-92 伤心南浦波，回首青门道。（贺铸《绿罗裙》）

例 5-93 青门解袂，画桥回首，初沈汉佩，永断湘弦。（贺铸《断湘弦》）

例 5-94 芳草青门路。还拂京尘东去。回想当年离绪。送君南浦。（贺铸《下水船》）

例 5-95 屋破容秋，床空对雨，迷却青门瓜圃。（张炎《台城路》）

例 5-96 养成碧玉甘如许。卜隐青门真得趣。（张炎《蝶恋花》）

上例 5-91、5-92、5-93、5-94 中的"青门"源自长安城青门外送别的典故，表示"与友人送别、离别"或"自身离去"的含义;

而例 5-95、5-96 中的"青门"则源自"秦东陵侯召平隐居长安青门外种瓜"的典故，而表示"隐居"的含义。

三　含彩词语中"青"的语义分析

以上首先对《全宋词》中由"青"构成的含彩词语概况进行了描述，并从语义整合的角度、结合例句分析了这些词语的语义内容以及意义呈现的机制。

本小节将重点考察颜色词"青"在含彩词语中的意义以及对含彩词语整体语义起到的作用。

　　从"青"在含彩词语中所表现出的语义和功能来看，可以将这些含彩词语大致分为以下几类：

　　1. "青"在含彩词语中基本上单纯表示颜色。

　　"青"在不同含彩词语中所表现的青色色值可能不同，这是由古代人们对"青色"本身的认知特点造成的。

　　这些含彩词语的语义，有的可能比较简单就是字面义，有的可能是通过转喻或隐喻而产生的，但无论整个含彩词的语义整合机制如何，"青"在其中的主要作用仍然是表现颜色，如，

　　青涟：

　　　　例5-97 亭亭鹤羽戏芝田。看群仙。起青涟。（葛郯《江神子》）

　　"起青涟"，即"碧绿的河水漾着浅浅的波纹"。"青"参与到含彩词语语义中的成分就是表现"碧绿"的颜色。又如，

　　青绡：

　　　　例5-98 可怜泪湿青绡，怨题红叶，落花乱、一帘风雨。（无名氏《祝英台近》）

　　"青绡"即"青色细纱"，虽然"青"在此处的色值并不容易确定（偏蓝色或偏绿色），但"青"在词语意义中的贡献就是表颜色。又如，

　　青房　青鬓　青螺　青奴：

　　　　例5-99 无数荷花，照水无纤翳。……青房著子千千颗。（赵长卿《蝶恋花》）

　　　　例5-100 谁将白雪污青鬓。懒懒懒。（陈德武《醉春风》）

　　　　例5-101 浓香搓粉细腰肢。青螺深画眉。（欧阳修《阮郎归》）

　　　　例5-102 更旁无红粉有青奴，堪娱夜。（刘克庄《满江红》）

　　"青房""青鬓""青螺""青奴"分别指"莲房，莲蓬""黑色发髻""夏日取凉的寝具"和"画眉用的墨"。其中的"青"虽分别表示绿色和黑色，但"青"本身的语义功能仍在于表颜色。又如，

青铜：

例 5-103 但华发衰颜，不堪频鉴青铜。（王之道《凤箫吟》）

例 5-104 横管何妨三弄，重醅仍须一斗，知费几青铜。（葛胜仲《水调歌头》）

例 5-105 落魄高人，拼百万、青铜一醉。（林正大《满江红》）

例 5-106 纸裹里，有青铜钱三百，送与酒家展省。（刘克庄《转调二郎神》）

上例中的含彩词"青铜"基于不同的情境需要分别指不同的青铜制品，如"青铜镜""酒杯""铜钱"，但"青"的语义功能仍只限于表示颜色。

2. 含彩词中的"青"既表现颜色，同时生发出颜色义之外、且与颜色相关的涵义。

这类含彩词中，"青"所表现出的颜色以外的涵义往往是以"青"为中心，通过与名词结合后在不同方向上生发出的意义，表现较为明显的有以下几类：

（1）"青"——"年轻、精壮"的涵义；主要通过表现人体毛发特征的含彩词语体现出来，比如，

青眉　青鬓　青发　青鬒：

例 5-107 绿鬓青眉。子又生孙孙又儿。（郭应祥《采桑子》）

"绿鬓"和"青眉"都是指黑色的发鬓和眉毛，而与"眉发的黑色"相关联的涵义便是"人的年龄状态"，一般来说，青壮年的眉发呈现出黑色，因此当"青"与"鬓""发"等词结合组成含彩词时，除了字面上表示黑颜色以外，同时也隐含着"年轻"的意义。又如，

例 5-108 谁将白雪污青鬒。懒懒懒。（陈德武《醉春风》）

例 5-109 纵有青青发，渐吴霜妆点，容易凋铄。（方千里《丹凤吟》）

例 5-110 始知青鬓无价，叹飘零官路，荏苒年华。（司马光《锦

堂春》）

例5-111 貂裘锦帽。盘马不甘青鬓老。（吴则礼《减字木兰花》）

（2）"青"——"地位较低"的涵义；主要是通过与古代服饰色彩文化相关的含彩词表现出来，如，

青巾　青衿　青衫：

例5-112 白氎行缠，青巾包结，几年且混常流。（曹勋《满庭芳》）

例5-113 岁岁青衿多振鹭，人人彩笔竞腾虹。（王安中《安阳好》）

例5-114 故人惊怪，憔悴老青衫。（苏轼《满庭芳》）

"青巾"是古代一种"青色的软帽"，一般是普通士子的打扮。"青衿"是一种"青色交领的长衫"，诗词中常用于转喻"穿青色衣服的人"。这类人多为准备考取功名的读书人、青年学子，一般还未取得功名，因此在官场上地位较低。

"青衫"指落魄仕人，这主要与唐宋时期的官服体制有关，"末品服青"，即官品最低的官员官服为青色。

于是存在于这类含彩词语中的颜色词"青"便在这种特定的情景中生发出"地位较低"的意味。"青"用于女性的服饰中也有出现了类似的涵义，如，

青衣　青裙　青裾：

例5-115 堪怜堪惜还堪爱，唤青衣、推上绣窗。（李太古《恋绣衾》）

例5-116 青裙田舍妇。饁饷前村去。（黄机《菩萨蛮》）

例5-117 青裙缟袂谁家女，去趁蚕生看外家。（辛弃疾《鹧鸪天》）

例5-118 柳外东风不满旗。青裾白面出疏篱。（陈克《鹧鸪天》）

"青衣" 在这里转喻 "穿青衣或黑衣的人"，一般就是指地位较低的侍女、婢女或侍童；"青裙""青裾"即"青布做的裙子、衣服"，一般也是平民或农家女人常穿的衣服。

"青"色用于服饰时的地位降低是从唐宋时期服饰文化特点的一个写照。颜色词"青"受这种社会文化影响而生发的意义相对于其本身的语义来说是外围的、受近语境的条件限制的，一旦缺少服饰特点这一背景的设定，这种处于外围的意义便无法显现。因此可以说，这类语义是非独立的。

3. 在与文化相关的含彩词中，"青"不直接表颜色，而是表达与传统社会文化相关的文化涵义，且这些意义与颜色本身无直接自然的联系。比如，

青齐：

> 例 5-119 东望极青齐，西顾穷商许。（魏了翁《卜算子》）
>
> 例 5-120 风帆指顾便青齐，势雄万垒。（吴潜《西河》）

句中的"青齐"，即"东方的齐国"。这里的"青"不表示颜色，而是根据上古五色与五行五方的对应文化①代表"东方"。类似的用法还有，

青禁 青宫：

> 例 5-121 礧魂胸中千丈，不肯低回青禁，引去卧江湖。（毛并《水调歌头》）
>
> 例 5-122 愿青宫布政，龙楼问寝，同千万岁。（曹勋《水龙吟》）

"青禁"和"青宫"均指"太子宫"，同时"青宫"在此处直接转喻指"太子"。

"青"与"太子"之间的词义推理过程为，太子的宫殿一般居东，而"东方属木，于色为青"②，因此称太子所居为"青禁""青宫"。"青"在

---

① 五色"青""白""赤""黑""黄"分别对应五方的"东""西""南""北""中"和五行的"木""金""火""水""土"。

② 引自汉典网（http://www.zdic.net）的词语解释。

此处表现出了与传统文化相关的文化涵义。

上古文化中的五色除了与五行、五方的联系之外，与季节也有对应的说法。掌管春季的春神因为位于东方，所以也以东方的对应色称之为"青神"，因此，"青"也就被赋予了"春季"的文化涵义①，如，

青君　青帝　青工：

例5-123 青君著意处，桃李未为伦。（沈蔚《临江仙》）

例5-124 绿阴绕。青帝结束匆匆，转眼朱明了。（刘克庄《祝英台近》）

例5-125 青帝只应怜洁白，不使雷同众卉。（蒲宗孟《望梅花》）

例5-126 青工已觉。点破香梅萼。（朱淑真《点绛唇》）

句中的"青君""青帝"，即指"春神"；"青工"，则可理解为"掌管春天的工人"。以"春之神""春之工"喻指"春季"，便是古人惯用的以拟人化手段转喻抽象事物的思维方式。又如，

青阳　青皋　青炜　青郊：

例5-127 殷勤踏取青阳。风前花正低昂。（赵彦端《清平乐》）

例5-128 断云漏日，青阳布，渐入融和天气。（无名氏《一萼红》）

例5-129 只待仲春天，……见出水轻儵，点溪白鹭，青皋零露方湿。（汪莘《哨遍》）

例5-130 风雨移春醉梦中。忽然吹信息，堕泸戎。青炜风物换朱融。（魏了翁《小重山》）

例5-131 小槛俯青郊，恨满楚江南路。（向滈《如梦令》）

上例中与"青"组合的"阳""皋""炜""郊"分别指"阳光""水边""光华""郊野"，与携带"春季"这一文化义的"青"进行组合

①　事实上，如果从"春季草木茂盛，其色青绿"这一角度理解，"青"代表"春季"的意义与颜色本身也存在一定联系。上古文化中五色与五行、五方及四季的对应本来就具有一定的理据性，并非是完全任意地规定。

后，便分别表示"春天的光华、气息""春意盎然的水边、郊野"等。

"天人合一"是我们谈论中国古代文化时经常提及的一个貌似抽象的概念，事实上这种思维方式几乎无处不在。

简单地理解，其实就是古人从观察自身到观察自然，又会从自然联系到自身："青"由代表一年中最为美好的季节"春"，而渐渐地隐喻人的生命中最好的时光年岁，如，

青年　青岁　青春：

例5-132 相思处、青年如梦，乘鸾仙阙。（文天祥《满江红》）

例5-133 槐府黑头旧业，芹宫青岁雄襟。（张辑《木兰花慢》）

例5-134 水乡初禁火，青春未老。（柳永《小镇西犯》）

例5-135 楚梅映雪数枝艳，报青春消息。（柳永《倾杯乐》）

例5-136 青春何处风光好，帝里偏爱元夕。（欧阳修《御带花》）

例5-137 青春才子有新词，红粉佳人重劝酒。（欧阳修《玉楼春》）

例5-138 文章士，青春未老，一鹗快飞黄。（黄判院《满庭芳》）

"青年"，即指"青春的年华"；"青岁"也指"年轻的岁月"；"青春"，原意即指"春天"，同时也常常被人们用来隐喻"美好的时光""珍贵的年华"，即"青年时期"。

宋词中"青春"的原意与隐喻义用法同时存在，而在现代汉语中人们往往已经更多地使用其隐喻意义了。

4. 在某些与神话传说、宗教、典故等相关的含彩词中，"青"的意义往往更加虚化，既不明显地表颜色，也不具有特定的文化内涵，而是已经凝固为类似专有名词的符号、代码，其作用只在于激活某个神话传说或宗教典故，单独抽出"青"，似乎已经没有意义，如，

青女　青腰　青娥：

例5-139 青女霜前催得绽。金钿乱散枝头遍。（欧阳修《渔家傲》）

例 5-140 何期道，青女专时，露华忽变霜阵。（程大昌《万年欢》）

例 5-141 青腰似诧天公富，奔走风云。银界无痕。（王之道《丑奴儿》）

例 5-142 青娥呈瑞。正惨惨暮寒，同云千里。剪水飞花，渐渐瑶英，密洒翠筠声细。（蔡伸《喜迁莺》）

"青"与代表女子的名词"女""腰""娥"结合时，既不表现颜色，也不承载文化涵义"东方"或"春季"，而是只作为含彩词的一个组成部分存在，只有与另一个名词"女""腰""娥"结合在一起时才有意义，即"传说中掌管霜雪的女神"的名字。具体进入词句时，可以转喻"秋季的到来"或"降雪"。

这些意义是"青女""青腰""青娥"整体带来的，"青"在其中的意义已经虚化。又如，

青鸾　青鸟　青雀：

例 5-143 青鸾海上传芳信。蓝田路入仙境。（哀长吉《齐天乐》）

例 5-144 赖有青鸾，不必凭鱼雁。（赵令畤《蝶恋花》）

例 5-145 似近日、曾教青鸟传佳耗。（晁补之《安公子》）

例 5-146 青鸟沈沈音尘绝，烟锁蓬莱宫殿。（史达祖《贺新郎》）

例 5-147 青雀窥窗，来报瑞雪纷纷。（朱敦儒《胜胜慢》）

当"青"与表示鸟类的名词结合时，"青鸾""青鸟""青雀"等，都与"西王母信使"的神话传说有关，含彩词作为一个整体表示"信使""消息"的意义，"青"可能存有少量表颜色的功能，但已经虚化。

另外，在一些与前代典故相关的含彩词中，"青"的意义更进一步虚化，往往已经成为专有名词的一部分，无独立意义，如，

青门　青州　青城：

例 5-148 青门解袂，画桥回首，初沈汉佩，永断湘弦。（贺铸

《断湘弦》)

例5-149 懒向青门学种瓜。只将渔钓送年华。(陆游《鹧鸪天》)

例5-150 金桃带叶，玉李含朱，一尊同醉青州。(杨无咎《长相思》)

例5-151 龙门隔如参井，青城佳气与天参。(王质《泛兰舟》)

例5-148 中的"青门"指离别、送别之处；例5-149 的"青门"指"退隐之处"；

例5-150 中"青州"成了"美酒"的代称；例5-151 中"青城"指"道家的圣地"。

这些意义均来自典故，"青"只有符号的激活作用，没有意义。

第四节 青色系列颜色词（包括绿色和蓝色）简析

一 青色系列颜色词在《全宋词》中的使用频度统计

表9   青色系列颜色词的词频统计

颜色词	翠	绿	碧	苍	缥	蓝
出现次数	2965次	2733次	2098次	728次	279次	198次

注：由于在实际语料中有时无法明确判断色相，如"翠""绿"有时可以修饰鬓发，因此频度统计只是约数。如，

例5-152 整了翠鬟匀了面。芳心一寸情何限。(宋祁《蝶恋花》)

例5-153 正慈闱初度，酡颜绿发，黄堂称寿，画戟朱幡。(王野《沁园春》)

上例中的"翠""绿"可能是墨绿偏黑色。

二　青色系列颜色词的义素对比分析

表 10　　　　　　　　　　**青色系列颜色词表义特征分析**

对比项 颜色词	色相描述	常见语境	由颜色的常见语境引发的语义特点	非颜色义 （可能与颜色有隐性联系）	文化义	民间俗义
翠	绿色（翠鸟或翡翠的颜色）	多用于描写自然界山水、植物等景色；女子眉妆或发色	常与"红"对举转喻女子	—	—	—
绿	绿色（青中带黄的颜色）	描写自然界山水、动植物等景物；女子的眉妆或发色	描写具体事物绿色的用法稍多于"翠"	—	—	—
青1	深绿色	多用于描写自然植物	形容大片绿色的景象多于描写具体某植物	—	东方色；属木；春季	—
苍	深绿色、青黑色	用于描写树木山水或人的皮肤毛发	苍茫、苍老的特点	—	—	—
碧	青绿色；青白色、浅蓝色	多用于描写天空、云或水光；有时也可形容树木草色	突出"透明"、"澄清"、"晶莹"的特点	—	—	—
缥	淡青、青白色	多与"缥缈"连用；修饰丝织物、酒、瓦玉瓷器等	突出"朦胧"；或就指浅青的颜色	—	—	—
青2	靛蓝色	多用于服饰及其他纺织品；少数用于天空	用于描写天空时有"高远"之义	—	—	—
蓝	如晴空的蓝色	多用于天空、云霞和水光；也可修饰服饰颜色	—	—	—	—

第五节　本章小结

　　本章主要通过对颜色词"青"单用在句中和构成含彩词语，这两类使用情况的考察，分别对其在这两类情况下所表现出的语义和语用特点进行了较为详细的分析。

　　通过研究发现，虽然"青"在物理色相和色值上存在差别，但在语言层面的意义表达上是成系统的，往往与它所描写或指称的语境密切相关：

　　"青"呈现绿色时，多用于表现自然界植物的绿色，并在文化上与"东方""春季"等意义相关联；

　　"青"呈现黑色时，多用于表现人体的毛发或眼睛的颜色，并生发出相关的转喻意义，如以"毛发的黑色"转喻"处于青壮年的状态"、以"眼睛的黑色"转喻"对人看重"，都是以表面现象转喻事情本质；

　　"青"呈现蓝色时，可以分为两种情况，一是表现服饰染色上的颜色，此时往往生发出"地位较低"的涵义；另一类情况是表现天空的淡蓝、湛蓝或深蓝，此时"青"多表现出较为纯粹的写景作用，有时也隐隐透出"清澈""高远"的意味。

　　跟颜色词"黄""红"一样，"青"除了表示颜色外，还具有特定的文化含义。《说文解字》中对"青"的解释，"青，东方色也"，很大程度上是指出了"青"在上古文化中的意义。上文提到的一些含彩词，如，"青炜""青齐""青年""青律""青君""青岁""青春""青帝""青宫""青阳"等，其中的"青"更多地是表示一种文化上的意义。

　　从服饰染色文化上看，"青"是上古的五种正色之一，后来随着历代人们尚色心理改变，"青"用于服饰时的地位也发生了变化。在这一点上，很多文献中都存在一些误区。如，简单地说"青"在中古以后"沦为贱色"，但事实上应该区别来看，应区分"青"是表现什么事物的颜色：描写自然界中的青色，没有贵贱之分，只有冷暖之分；而用于服饰上的青色，才确实渐渐变成了低贱的颜色。

　　另外，还存在一个问题：是"青"所表示的同一种颜色的地位发生了变化，还是"青"表示了不同的颜色，即"青"与"色"的对应关系发生变化，而有了贵贱之分？这还需要文物考证的辅助证据。

　　但在语言表达中，这些信息往往可以简化，因为已经不必搞清究竟是什么颜色，而"青"只是一个代号，即保留在语言片段中的跟古代文化相关的一种符码，其颜色义已经较为虚化、次要，更多地是起到激活典故文化的作用。

　　比如，白居易《琵琶行》中的名句"江洲司马青衫湿"，对于唐代"青衫"的具体颜色，我们往往无从确定，可能是黑色、深绿、深蓝或是浅灰蓝，但无论究竟是什么颜色，"青衫"的重点在于表现官位的低微和作者内心的失落。

第六章

基本颜色词"白"之分析

第一节　总体概述

　　"白"也是中国古代文化中的"五色"之一，其本义即"白颜色"。《全宋词》中"白"共出现了约2160次。其出现形式可以大致分为两类：一类是"白"作为修饰成分，修饰一个单音/双音名词/语素，构成含彩词语（多数已经凝结为含彩词），约106个；二是"白"作为中心成分用在句中，此类情况出现约420次。本章将分别对这两类使用情况中的"白"进行分析。

第二节　"白"在句中单独使用情况分析

　　"白"作为中心成分用在句中，主要包括以下几种情形：

1. 单用，如，

　　　　例6-1 白去红飞无迹。千树总成新碧。（吕胜己《谒金门》）
　　　　例6-2 妒白怜红时节。（赵崇嶓《谒金门》）
　　　　例6-3 君举白，我频釂。（刘克庄《贺新郎》）

2. 叠用，如，

　　　　例6-4 例 白白野田铺似月，璀璨沙路踏如冰。（刘辰翁《摊破浣溪沙》）
　　　　例6-5 枝上青青结子，子中白白藏仁。（王炎《临江仙》）

例6-6 白白红红花面貌，丝丝袅袅柳腰身。（吴潜《望江南》）

3. 与其他词语连用，或被其他词语修饰，如，

颜色词+"白"，如，

例6-7 暂分一印管江山，稍为诸公分皂白。（黄庭坚《木兰花令》）

例6-8 娇红间绿白，只怕迅速春回。（康与之《荷叶铺水面》）

例6-9 静里无穷意，漫看尽、纷纷红白。（赵以夫《探春慢》）

名词+"白"，如，

例6-10 归欤老矣，愁添鬓白，酒借颜红。（李刘《朝中措》）

例6-11 听彻惊乌，起览镜、顿添头白。（李曾伯《满江红》）

例6-12 归来袖手江湖，不妨左右持螯白。（李曾伯《水龙吟》）

例6-13 香迎晓白。看烟佩霞绡，弄妆金谷。（周密《楚宫春》）

例6-14 问讯无言，依稀似妒，天上飞英白。（辛弃疾《永遇乐》）

形容词+"白"，如，

例6-15 衣线断，带围宽，衰鬓添新白。（张元干《蓦山溪》）

例6-16 缟夜梨花生暖白，浸潋滟、一池春水。（周密《珍珠帘》）

例6-17 山僧欲看醉魂醒，茗碗泛香白。（辛弃疾《好事近》）

例6-18 腻颈凝酥白，轻衫淡粉红。（周邦彦《南柯子》）

例6-19 雪岭倚空白，霜柏傲寒青。（京镗《水调歌头》）

数词/量词+"白"，如，

例6-20 腊前三白。春到西园还见雪。（范成大《减字木兰花》）

例6-21 帝殿宝炉烟未熄。龙香飘片白。（吕胜己《谒金门》）

副词+白

> 例 6-22 不假铅华嫌太白。(杨无咎《夜行船》)
> 例 6-23 看水看山身尚健,忧晴忧雨头先白。(刘克庄《满江红》)

本节研究主要涉及两个方面的内容:一是"白"用于句中时的句法和语义情况;二是"白"作为中心词被其他词修饰时的语义分析。

一 "白"在句中单独使用的句法和语义分析

《全宋词》中,"白"作为词出现在句中的情况大约有 420 次,其中"白"所承担的各种句法角色的比例并不平均,详见下表。

表 11　　　　　　　　 "白"用于句中时充当句法成分统计表

句法成分	充当主语	充当宾语	充当谓语	其他
出现次数	约 51 次	约 49 次	约 300 次	约 20 次

当然,其中"白"的语义在不同的情况下也有所区别。

(一)"白"充当主语的句法表现

"白"在句中充当主语,具体表现为三种类型:

1. 光杆"白"作主语

> 例 6-24 白似玉,寒於雪。(葛长庚《满江红》)
> 例 6-25 白去红飞无迹。(吕胜己《谒金门》)

2. 其他颜色词+"白"作主语

> 例 6-26 黑白纷纷小战争。几人心手斗纵横。(舒亶《浣溪沙》)
> 例 6-27 樱桃谢了梨花发,红白相催。(晏殊《采桑子》)

3. 定语+"白"作主语

（1）名词+白：

> 例6-28 李白桃红未吐时，好个春消息。（汪莘《卜算子》）
> 例6-29 明朝鬓白两三茎。（刘辰翁《临江仙》）

（2）形容词+白：

> 例6-30 轻红短白东城路。忆得分襟处。（程垓《虞美人》）
> 例6-31 长红小白谁亭馆，过禁烟、弹指芳歇。（蒋捷《秋夜雨》）

（3）动词+白：

> 例3-32 垂白杖藜抬醉眼，捋青捣麨软饥肠。（苏轼《浣溪沙》）

（二）"白"充当主语时的语义内容

"白"在句中作主语时，从字面语义上来看，其字面义往往为"白的颜色"，如例"白似玉"，字面义即为"白的颜色像玉"；例"李白桃红未吐时"，字面义就是"李花的白色和桃花的红色未吐时"。而从语义内容上来看，"白"实指的语义是"白色的（某物）"，如，

> 例6-33 白乎不涅不磷，千古此丰神。（李曾伯《水调歌头》）

前半小句的字面义可译为"那种白色不涅不磷"，而其实际的语义内容是指"白色的月光"，又如，

> 例6-34 云液无声白似银。（米芾《鹧鸪天》）
> 例6-35 黑白纷纷小战争。（舒亶《浣溪沙》）
> 例6-36 洞天景色常春，嫩红浅白开轻萼。（无名氏《抛球乐》）

例6-34中"白"实际的语义内容是"白色的酒浆"；例6-35中的

"白"实指"白的棋子";例 6-36 中的"浅白"实指"浅白的花"。

事实上，颜色词在句中作为句法成分时，都具有这种实指某物的"指称性"功能，这在前文已作过一些论述。但我们的研究不应该止步于指出颜色词的这种功能，因为本研究的着眼点在于汉语的词汇语义，因此我们还应该总结出不同颜色词在宋词这一微观文化中所能表达的语义内容。

经过对"白"作主语时的所指进行穷尽分析，"白"的实指语义内容大致涵盖了以下几类：

1. 月：

例 6-37 <u>白</u>乎不涅不磷，千古此丰神。（李曾伯《水调歌头》）

例 6-38 <u>精白</u>生来别，日月许争光。（钟辰翁《水调歌头》）

例 6-39 <u>孤白</u>争流蟾不没，影落潜蛟惊起。（张炎《壶中天》）

2. 花：

例 6-40 岸柳黄深绿已垂。庭院红遍<u>白</u>还飞。（卢祖皋《鹧鸪天》）

例 6-41 樱桃谢了梨花发，红<u>白</u>相催。（晏殊《采桑子》）

例 6-42 梅<u>白</u>飘香蕊。（晁补之 失调名）

例 6-43 轻红<u>短白</u>东城路。忆得分襟处。（程垓《虞美人》）

3. 酒：

例 6-44 云液无声<u>白</u>似银。（米芾《鹧鸪天》）

4. 雪：

例 6-45 轻有鹅毛体，<u>白</u>如龙脑香。（杨泽民《红林擒近》）

例 6-46 <u>白白</u>不成，又不教晴，做尽黄昏情味。（刘辰翁《殊影》）

5. 发：

例 6-47 九十日春，三千丈发，如此愁来白更长。（徐宝之《沁园春》）

例 6-48 明朝鬓白两三茎。（刘辰翁《临江仙》）

例 6-49 斑白元无一点，微黄已透双眉。（郭应祥《西江月》）

例 6-50 新绿旧红春又老，少玄老白人生几。（蒋捷《满江红》）

6. 棋：

例 6-51 黑白纷纷小战争。几人心手斗纵横。（舒亶《浣溪沙》）

例 6-52 一枰白黑棋子。（魏了翁《摸鱼儿》）

另外，值得注意的是，很多时候，如果仅看一个句子无法判断出"白"的所指，但只要结合上下句、或整首词包括词的题目，往往可以立即判断出"白"的所指，如，

例 6-53 轻有鹅毛体，白如龙脑香。（杨泽民《红林擒近》）

例 6-54 白白不成，又不教晴，做尽黄昏情味。（刘辰翁《疏影》）

经过以上分析，我们发现，在宋词这种特别的形式中，每首词创作的背后几乎都隐藏着一个完整而独立的背景框架，或者说，一首词在创作时，都是以一个语义框架基础为前提的，这个背景框架往往是完整而独立的。比如，描写月亮的框架、描写雪的框架，等等。

这样一来，在一个大的语义框架下，所有的描写词句都围绕着这个框架下的某个或某些主体而展开，词句中就无需出现多余重复的字词，这不仅是因为词句以简练传神为标准，更重要的是因为，整首词的背景语义框架已经提供了描写的对象，具体的词句只需要对其进行描写或叙述就行了，否则只会显得拖沓。可以说，创作时的背景框架在宋词的遣词造句中起着非常重要的作用，这种影响往往是隐形的，抒情作用却非常巨大。同时宋词中的语义框架既属于汉民族语言文化的一部分，也具有自身的特

点，关于这一内容，我们拟另撰文论述，此处不再赘述。

二　"白"充当宾语的情况

（一）"白"充当宾语的句法表现

"白"在句中充当宾语，具体表现为：

1. 光杆"白"作宾语

例 6-55 人人戴白，独我青青常保。（程大昌《感皇恩》）

例 6-56 阿寿牵衣仍问我，双鬓新来添白。（程珌《念奴娇》）

2. 其他颜色词+"白"作宾语

例 6-57 暂分一印管江山，稍为诸公分皂白。（黄庭坚《木兰花令》）

例 6-58 娇红间绿白，只怕迅速春回。（康与之《荷叶铺水面》）

3. 定语+"白"作宾语

（1）形容词+白

例 6-59 鸭脚供柔白，鸡头荐嫩红。（王之道《南歌子》）

例 6-60 衣线断，带围宽，衰鬓添新白。（张元干《蓦山溪》）

（2）名词+白

例 6-61 归欤老矣，愁添鬓白，酒借颜红。（李刘《朝中措》）

例 6-62 绿暗红稀春已去，赢得星星头白。（曾觌《念奴娇》）

（3）量词+白

例 6-63 帝殿宝炉烟未熄。龙香飘片白。（吕胜己《谒金门》）

（二）"白"充当宾语时的语义内容

"白"作宾语时的语义内容比作主语时要丰富一些，大致涵盖了以下几类：

与主语相同的有：

1. 指"月光"

例6-64 渐夜久、闲引流萤，弄微照素怀，暗呈纤白。（吴文英《解连环》）

例6-65 扣舷歌断，海蟾飞上孤白。（张炎《壶中天》）

2. 指"花"

例6-66 藏白收香，放他桃李，漫山粗俗。（张炎《壶中天》）

例6-67 春风里，种他红与白，笑我懒中忙。（刘辰翁《内家娇》）

例6-68 青帝只应怜洁白，不使雷同众卉。（蒲宗孟《望梅花》）

3. 指"酒"

例6-69 君举白，我频釂。（刘克庄《贺新郎》）

例6-70 归来袖手江湖，不妨左右持螯白。（李曾伯《水龙吟》）

4. 指"雪"

例6-71 是小葶堆红，芳姿凝白。（无名氏《孤鸾》）

例6-72 谁拥醽酼夸岁瑞，恨无坚白怨朝曦。（程大昌《浣溪沙》）

5. 指"发"

例6-73 衣线断，带围宽，衰鬓添新白。（张元干《蓦山溪》）

例6-74 故人少，别怀多，引壶觞自酌，谁怜衰白。（汪莘《聒

龙谣》）

与主语不同的有：

6. 指"肤色"

例 6-75 密雪未知肤白，夜寒已觉香清。（谢逸《西江月》）

例 6-76 腻颈凝酥白，轻衫淡粉红。（周邦彦《南柯子》）

7. 指"天空"

例 6-77 烛消红，窗送白。（赵长卿《更漏子》）

例 6-78 雪岭倚空白，霜柏傲寒青。（京镗《水调歌头》）

例 6-79 一夜绿房迎晓白，空忆遍、岭头梅。（张炎《南楼令》）

8. 指"烟气"

例 6-80 帝殿宝炉烟未熄。龙香飘片白。（吕胜己《谒金门》）

9. 指"纸"

例 6-81 赖墨池佳致，草成玄白，聊以此、当清供。（李曾伯《水龙吟》）

通过分析"白"在句中作主语和宾语时的语义内容，我们发现当"白"用于句中时，所能表达的语义绝大多数集中在有限的几类事物上，而且语义重心也主要在于表现事物的颜色，包括亮度，或者直接转喻具有颜色的事物本身，如，"白"的语义内容多数指"月光""花色""雪""毛发""酒""天空"等，这些都是宋代词人创作时常常关注的事物。

这说明，虽然作为颜色词的"白"受到社会文化、民间习俗以及其他相关因素的影响，都或多或少地被赋予了颜色义以外的文化涵义，并带着这些引申涵义构成了大量的含彩词语，但当"白"被单用时，其最重要的语义功能仍在于描写事物的颜色（无论是暗淡的还是明亮的），或者直接指称某物。

三 "白"充当谓语时的语义分析

"白"在句中作谓语时的语义功能大致有两种，一是表现状态；二是陈述变化。

（一）"白"在句中作谓语表现状态

"白"描写事物的状态，主要是表现事物客观物理意义上的"白"颜色，而且，随着其描述的主体对象的不同，"白"色在性状及亮度上会有所不同，如，

1. 表现"露、霜、雾、烟"等的"白蒙蒙"的颜色。

例6-82 露白风清，菊黄萸紫，重阳五日先期。（无名氏《满庭芳》）

例6-83 帘垂小阁霜华白。（无名氏《菩萨蛮》）

例6-84 炉香昼永龙烟白。（欧阳修《虞美人》）

2. 表现"天空""云""雪""水浪"或"月亮、月光"的白色，较上例中的白色亮度要高一些，是较为明亮的白色。

例6-85 酒醒时、枕上一声鸡，东方白。（洪适《满江红》）

例6-86 笑淹留，划然孤啸，云白天青。（周伯阳《春从天上来》）

例6-87 雪香白尽江南陇。暖风绿到池塘梦。（石孝友《菩萨蛮》）

例6-88 晴空万顷波涛白。（吕渭老《渔家傲》）

例6-89 十年前是尊前客，月白风清。（欧阳修《采桑子》）

3. 表现花朵或杨柳絮的颜色。

例6-90 正雨后、梨花幽艳白。（孙道绚《少年游》）

例6-91 柳花白。飞入青烟巷陌。（施岳《兰陵王》）

4. 描写人年老时的鬓发的灰白色，与前面几种白色的色质①不同，亮度②也显得暗淡一些，这是"白"作谓语时使用数量最多的情况。

> 例 6-92 而今老大，鬓苍头白。(王千秋《忆秦娥》)
> 例 6-93 发白眵昏。(吴儆《减字木兰花》)
> 例 6-94 不觉星霜鬓边白。(晏殊《滴滴金》)
> 例 6-95 鬓影黄边半白，烧痕黑处重青。(石孝友《朝中措》)

5. 另外，"白"作谓语描写状态时偶尔还会描写到"酒水"的"白"和女子"肌肤"的"白"，不过出现的次数较少，描写的仍然是物理上的颜色义，如，

> 例 6-96 高烛烂，新醅白。(赵彦端《满江红》)
> 例 6-97 玉纤嫩，酥胸白。(秦观《满江红》)

6. 在表现颜色之外，有一例较为特殊的用法值得注意，因为其中"白"的语义已经超出了颜色而具有了引申的意义：

> 例 6-98 发藻儒林，当年荣耀，四海声名白。(芮烨《念奴娇》)

例句"四海声名白"中的"白"并非指颜色，而是"显著""为人所知"之意，应该说，此处的"白"已经超出了颜色意义，而是具有了引申义。

"白色"之"白"有"未加染色、没有被修饰、被添加上什么事物"之义，因此可以引申为"不被遮盖""公之于众"的意思。在《全宋词》中，"白"已经出现了这一语义，虽然只有一例。

(二)"白"在句中作谓语陈述变化

"白"描写事物的变化，大致表现为两种句式，语义上也略有不同：

---

① 此处的"色质"指事物颜色表现出的质感。
② "亮度"指颜色的明暗度。

1. 主语+白，语义上表示"某物变白"，如，

> 例6-99 楼观才成人已去，旌旗未卷头先<u>白</u>。（辛弃疾《满江红》）
> 例6-100 茂陵头已<u>白</u>。新聘谁相得。（侯彦周《菩萨蛮》）
> 例6-101 丁香已<u>白</u>，桃脸将红。（葛立方《满庭芳》）
> 例6-102 今岁腊前，苦无多寒色、梅花先<u>白</u>。（王柏《酹江月》）

例6-99、6-100中的"白"，描述头发变白；例6-101、6-102则描述花朵开花、变白。

2. 主语+白+头，语义上表示"某物/某事使头发变白"，如，

> 例6-103 思往事，<u>白</u>尽少年头。（李好义《望江南》）
> 例6-104 虚名<u>白</u>尽人头。（赵师侠《柳梢青》）
> 例6-105 可怜报国无路，空<u>白</u>一分头。（杨炎正《水调歌头》）
> 例6-106 如此春来春又去，<u>白</u>了人头。（欧阳修《浪淘沙》）

上例中，"白"与整个句子的语义结构融合后，表达出"思往事""虚名""报国无路""岁月"等事情"使头发变白"的意义。

如果仅从词句表层语义来看，"白"在句中可以解释为"变白""使变白"，但似乎并不能因此把上例中"变白"的意思归于"白"本身的词汇语义。

我们认为，上面两种情况中"白"的变化义均是由其所进入的句式所赋予的，即（1）某物变化、（2）某物/某事使某物变化，这两个句式本身含有"变化"的语义，当一个词作为谓语进入这个句式时，词义就会与句式的语义发生整合，而形成最终的句义。

因此，"白"进入句式后，便跟句式的"变化"义发生整合，并表现出"变白"的意思。"白"其实是变化的结果，"白"进入句中时，经过了以动作结果指代动作的语法转喻，才形成了最终的表达句。因此，我们认为，"白"在句中作谓语陈述变化时，其本身的词汇语义仍然是表颜色"白色"。

在《全宋词》中，"白"用于句中时，其语义以表现颜色或转喻事物

为主，颜色义"白色"是"白"的中心语义或称原型语义。

语料中也存在个别引申义的用法，而且表示引申义时，只出现一个单音光杆"白"的情况非常少（如"四海声名白"），多数情况下是一个单音形容词与"白"连用，并表达一种引申的语义，如"清白""平白"等，而这些引申的语义跟"白"的中心语义仍存在着无法割裂的联系，我们将在下一小节中详析。

四　形容词/名词+"白"构成双音组合的语义分析

《全宋词》中由单音词+"白"构成的词组共计约 40 个，由于修饰"白"的单音词词义的不同，这些双音词组在语义上也有区别。

1."大""小""短"+白，如，

例 6-107 翠袖争浮大白，皂罗半插斜红。（苏轼《西江月》）

例 6-108 举大白，听金缕。（张元干《贺新郎》）

例 6-109 且满浮、大白送黄花，剑休舞。（李昴英《满江红》）

例 6-110 长红小白谁亭馆，过禁烟、弹指芳歇。（蒋捷《秋夜雨》）

例 6-111 渐小白、长红无数。（刘克庄《贺新郎》）

例 6-112 轻红短白东城路。（程垓《虞美人》）

上例中的"大""小""短"表现的都是具体物体在空间上特点，而"白"都通过转喻机制而指实在的事物，构成的词组也都含有具象感和空间上的实体感，如"大白"，颜色词"白"在这里转喻具有颜色的物体，即大酒杯，进而也可以通过"容器—内容"的相关性转喻杯中的酒水；"小白""短白"中的"白"则转喻"花"或者"杨柳絮"。因此，此类词组都属于名词性的词组，主要原因在于"白"在其中起到了转喻的作用。而"白"转喻基础仍在于颜色与物体的相关性，因此"白"的中心语义仍表颜色。

2. 形容词+白

A. 一般形容词+白，如，

例 6-113 娇红淡白更怜渠。（陈耆卿《鹧鸪天》）

例6-114 梨花淡白，柳花飞絮，梦绕阑干一株雪。(李琳《六幺令》)

例6-115 澹白轻黄纯雅素。(吴潜《蝶恋花》)

例6-116 梨花菊蕊不相饶，娇黄带轻白。(赵彦端《好事近》)

例6-117 但晓沁嫣红，雨湿轻白。(仇远《花心动》)

上例中的"淡""澹""轻"属于较为一般的形容词，用于表示颜色的深浅程度。如果跟颜色词"黄"的同类组合方式进行对比会发现，黄色有"淡黄""轻黄"，也有"深黄""暗黄"，而白色则比较特殊，如果变淡、变浅，则接近透明，向相反的方向则难以从人的视觉上辨别，这或许跟"白"颜色本身的特点有关，原本就没有色彩，色值变化小，也不太引人注意，因此语料中只出现了"淡白""轻白"，而没有类似"深白"的组合。并且对"白"的关注也转向了色值以外的方面，如色质、亮度等。

如"淡""轻"之类的一般形容词跟"白"构成组合时，形容词的语义是指向颜色词"白"的。另一些特殊形容词+白的组合有时稍显不同。

B. 特殊形容词+白，如，

例6-118 微红嫩白。照水横枝初摘索。(袁去华《减字木兰花》)

例6-119 深黄浅紫，娇红腻白，他谁能妒。(陈著《水龙吟》)

例6-120 江梅清瘦，只是洁白逞芳姿。(曹冠《水调歌头》)

例6-121 精白生来别，日月许争光。(钟辰翁《水调歌头》)

例6-122 缟夜梨花生暖白，浸潋滟、一池春水。(周密《珍珠帘》)

例6-123 竹孤青，梅酽白。(向子諲《更漏子》)

例6-124 幽芳莹白前村里，岂藉春工。(无名氏《采桑子》)

例6-125 十里酣红艳白。(曹邍《兰陵王》)

例6-126 花则一名，种分三色，嫩红妖白娇黄。(无名氏《金菊对芙蓉》)

例6-127 临风一笑，问群芳谁是，真香纯白。(朱熹《念奴娇》)

例6-128 特特问花消息。结果剩红残白。(仇远《如梦令》)

例6-129 正天风吹落，满空寒白。(秦观《雨中花》)

例6-130 云容皓白。(苏轼《减字木兰花》)

例6-131 谁拥醴酏夸岁瑞，恨无坚白怨朝曦。(程大昌《浣溪沙》)

例6-132 渐夜久、闲引流萤，弄微照素怀，暗呈纤白。(吴文英《解连环》)

例6-133 扣舷歌断，海蟾飞上孤白。(张炎《壶中天》)

例6-134 华胄银青气脉，仙风斑白须眉。(陈著《西江月》)

例6-135 故人少，别怀多，引壶觞自酌，谁怜衰白。(汪莘《聒龙谣》)

例6-136 腻颈凝酥白，轻衫淡粉红。(周邦彦《南柯子》)

例6-137 鸭脚供柔白，鸡头荐嫩红。(王之道《南歌子》)

此类特殊形容词种类很多，但每个组合使用的次数很少，几乎都只出现过一到两次，这说明，此类组合具有很大的创作随意性，而并非已是约定俗成的使用方式。

另一个特点是，此类组合中形容词的语义往往实际指向被整个词组修饰的那个名词，这个名词往往并不出现在字面上，而是存在于背景语境中。如，

"残白"中的"残"和"白"，语义其实都指向"花"；

"寒白""坚白"中的"寒"和"坚"，语义实际指向"雪"或"冰"。

而由于事物的颜色与事物是融为一体的，于是常常将形容词加在颜色词前与之同现，这样从字面看来，颜色词"白"被形容词所修饰，并往往在句中作主、谓、宾语等成分。类似的例子还有，"孤白""衰白"等。

3. 名词+白组合时，语义的结构往往是"像［名词］一样的白"，如，

例6-138 夹岸香红，登墙粉白，开遍故园桃李。(史浩《喜迁莺》)

例6-139 莫惜斗量珠玉，随他雪白髭须。(欧阳修《圣无忧》)

例 6-140 雪白肥鲢。墨黑修鲇。(刘学箕《行香子》)

例 6-141 橙弄霜黄，芦飘雪白，何处西风无酒旗。(陈人杰《沁园春》)

例 6-142 透隙敲窗风搣搣。坐见广庭飞缟白。(王之道《归朝欢》)

"粉白"即像女子脸上的粉一样白；"雪白"即像雪一样白；这类组合用名词来具象化地表现"白"的情貌，语义指向"白"。

通过分析例句我们可以观察到，(2)(3) 类组合中"白"的中心语义仍在于表颜色，并没有出现引申义的用法。

4. 具有引申义的组合。以下例句中由"白"构成的组合都已经出现了引申义的用法，而且在词与词组的界限上已经变得不明显，即这些组合在《全宋词》中的使用情况已经表现出了词汇化的特征。如，

例 6-143 曾使中有扪足，造次摧坚挫锐，分白辱宠涓。(程节斋《水调歌头》)

从视觉上来看，"白"的亮度是各种颜色中最高的，因此比较容易引起注意，于是"白"可以引申出"明显""显然"之意。

例中的"分白"，即"分明""明显"。语义的视角从视觉上的显著度转向了事态发展的显著度。又如，

例 6-144 木落山空心事，对秋明白。(奚火《声声慢》)

例 6-145 立雪寒窗，照肝胆、了然明白。(李曾伯《满江红》)

例 6-146 克尽私心，天理甚明白。(沈瀛《醉落魄》)

例 6-144 中"明白"作为词组的意思是"明确地表白"。既然表白清楚了，"明白"便引申出"清楚、明确"的意义，如 6-145。

同时，对于被表白的对象来说，也就掌握了表白的内容，于是"明白"又具有了"了解、知道"的意义，如 6-146。

这其中包含着从两个相对视角引申开去的语义。这种相对的视角反映了汉语的特点。又如，

例 6-147 <u>平白</u>地、被花相恼。(黄公绍《明月棹孤舟》)

例 6-148 <u>平白</u>地、为伊肠断。(苏轼《殢人娇》)

"平"是"平坦的""没有什么中间的阻碍""没有缘由的";"白"是"无色的""没有添加什么东西""无所依凭的"。

一个是空间上的无障碍、无缘由,一个颜色视觉上的没颜色、没理由,加在一起表示一种加强意味的"无缘无故""没有理由"。又如,

例 6-149 文昌地位,<u>清白</u>传家。(陈士豪《沁园春》)

例 6-150 诗书为世业,<u>清白</u>是家传。(张伯寿《临江仙》)

例 6-151 <u>清白</u>传芳,高明驰誉,材更兼文武。(钱处仁《念奴娇》)

例 6-152 家四世,传<u>清白</u>。(刘克庄《满江红》)

例 6-153 人皆仰,一门相业,<u>清白</u>子孙贤。(无名氏《满庭芳》)

例句中"清白"已经具有了引申的意义,即"品行纯洁,没有历史污点"。

从"白"的"未经染色"引申出"没有污点",继而语义从颜色上的洁白转向较为抽象的品行上清洁,这种从对具体事物的描述转向对抽象概念的比况,非常能够反映中国古人以物喻志、以物说理的思维方式。

另外,《全宋词》中"清白"一词的意义与现代汉语形容词"清白"的中心语义已非常接近,但语料中仍存在着"清白"表颜色的情况,如"山矾风味更梨花。<u>清白</u>竞春华","清白"指"清雅洁白",至于"清白"最终凝结为形容词并指"品行纯洁"的时代,本书作为共时平面的研究尚不能妄断。

第三节 "白"构成含彩词语的使用情况分析

一 "白"构成含彩词语的物象分类

《全宋词》中由"白"构成的含彩词语有百余个,从其所表达的事物

来看，我们将其归纳为四类：自然类事物、社会生活事物、跟人相关的名称和其他类。

1. 自然类事物

（1）自然地理景物：

白波、白浪、白沙、白石、白水、白洲。

（2）天象：

白虹、白露、白日、白天、白雪、白雨、白月、白云、白昼、白气。

（3）鸟兽类：

白+鸟兽名：

白鹭、白马、白鸟、白鸥、白骑、白蛇、白鹇、白雁、白羊、白鹂、白鱼、白猿。

（传说中：）白凤、白鹤、白虎、白驹、白龙、白鹿、白麒麟、白虬、白鸦。

白+鸟兽之毛：白羽。

（4）植物类：

白+植物名：

白草、白花、白菊、白梨、白李、白莲、白藕、白苹、白桃、白藤、白苇、白杨、白榆、白芝符、白芷、白竹、白菱花、白麻。

2. 社会生活事物

（1）饮食类：

白酒、白醪、白醴、白粲①、白饭、白蜜。

（2）纺织/服饰类：

白氎②、白茧、白纶巾、白罗裙、白霓裳、白袍、白帔、白衣、白纻。

（3）器物/用品类：

白螺杯、白团扇、白毡、白简、白奏③、白璧、白圭、白玉、白银。

（4）建筑类：

白社、白塔、白屋、白道。

3. 跟人有关的名称

白+身体某一部位：

---

① 白粲，即白米。
② 白氎，即白色的细棉布。
③ 白奏，即上告的状子。

白毫、白鬟、白髯、白发、白眉、白首、白叟、白头、白须、白髭、白足、白舌、白身、白眼、白咽、白面、白骨、白额。

4. 其他

白皂、白黑、白战、白帝、白血。

总体来看，这些含彩词语中的"白"颜色主要是在色质上有所区别，如，"白马"与"白莲"中的"白"即表现不同的色质；

有时也存在一些亮度上的变化，如"白水""白月"之"白"在亮度上就要高于"白发"之"白"。

而相对于"黄"表现出的"淡黄""深黄""暗黄""土黄"等相比，"白"构成的含彩词语在色值的深浅上并没有明显的差别。这或许跟"白"颜色本身的特点有关，原本就没有色彩，因此色值变化小，也不太引人注意，于是对"白"的关注便转向了色值以外的方面，如色质、亮度。

以上是"白"构成的含彩词语的概况展示，并从字面上对含彩词语的所指进行了物象类别上的划分。事实上，在宋词语料中，各含彩词语在使用中表现出的意义跟其字面意义往往存在着一定差别，即"物类不等于意类"。有的是在字面义的基础上表现出一些语用倾向；有的则是字面义通过隐喻或转喻表现出的意义，并经过语言文化的长期发展已经凝结成词汇的常用意义；还有的是受民族传统文化习俗或宗教文化影响而产生的意义，因此下一节中我们将对含彩词语的语义进行分析。

二　含彩词语的语义分析

由"白"构成的含彩词语在使用中表现出的意义，有时就是含彩词语本身字面的意义，但更多时候表现出的是字面以外的意义，这些字面以外的意义各自的来源与性质也不尽相同。

下面我们以含"白"含彩词语在《全宋词》中所表现出的实际语料情况为基础，并以其中含彩词语意义的来源类型为依据，对其语义进行分类分析。

1. 字面义

有一些含彩词语在使用中的主导意义主要体现为其字面意义，"白"在其中的作用侧重于描写景物的颜色，此类含彩词语在指物类别上以自然景物为主，如，

例 6-154 但花下红云，尚通夕照，柳边白月，自落寒潮。(利登《风流子》)

例 6-155 红日又西沉，白浪长东去。(辛弃疾《生查子》)

例 6-156 明月当天，白沙流水，冷光连野。(赵长卿《水龙吟》)

例 6-157 渐白水、青秧鸥鹭下。(刘克庄《朝天子》)

例 6-158 漠漠水田飞白鹭。(洪适《蝶恋花》)

例 6-159 红酒白鱼暮归。(苏轼《调笑令》)

例 6-160 白苹无主绿蒲迷。(晁补之《阮郎归》)

例 6-161 白酒欺人易醉，黄花笑我多愁。(程垓《乌夜啼》)

例 6-162 门前白道水萦回。(王安石《浣溪沙》)

以上词句中的含彩词语，如"白月""白浪""白水""白苹"等，主要作用均在于描写景色，并常常与其他含彩词语，如"红云""红日""青秧""黄花"等，或对举、或同现，来构图绘色，主要功能是营造意境。

某些词语除了字面义外，有时表现出一定的语用倾向，这些语用义通常来源于某个民间传说或前代文学中的典故。如，

例 6-163 白鹿入胎，黄龟献梦，果应君家生凤雏。(无名氏《沁园春》)

例 6-164 白鹤在何处，尝试与偕来。(辛弃疾《水调歌头》)

例 6-165 山头白鹤候我，应讶久留连。(魏了翁《水调歌头》)

例 6-166 白鸥容我作同盟。占取两湖清影。(黄机《西江月》)

例 6-167 白鸟相迎，相怜相笑，满面尘埃。(辛弃疾《柳梢青》)

上例中的"白鹿"含有祥瑞之意，来源于民间传说；"白鹤""白鸥"及"白鸟"均透出作者意欲归隐江湖的用意，也都来源于传说和前代的文学典故。

前文曾提到，源于典故的语用意义往往是一种整个事件的隐喻，即将创作者自身的境遇与某个传说或前人典故通过某些相似性联系起来，并通

过事件中的一个或几个关键词来传达出一定的语用涵义。

在这种情况下，含彩词语起到的是一种文化符码的作用，所传达出的语用意义，其实既不属于作为语素的"白"，也不能完全归入含彩词语的语义中，在某种程度上，这种语用义往往是独立于含彩词语义之外的，它属于的是跟某个传说或典故相关的另一个事件框架，因为跟颜色词本身的关系较远，对此我们拟另撰文详述，此处不再赘述。因此在这种情况下，我们认为其中的"白"仍主要是表颜色。

2. 字面以外的意义

更多的含彩词语在语料中表现出超出字面义以外的意义，而且这些意义产生的机制也是多渠道的：有的意义是通过词义的隐喻或转喻得来的；有的意义来源于前人传说或典故；有的意义跟民族传统文化习俗或宗教有关；还有一类则是基于"白"这一语素本身的词义引申而产生的意义。基于这种较为复杂的情况，下面我们将对这几类情况进行分类研究。

（1）通过隐喻呈现出的意义。如，

白毡：

例6-168 青幄蔽林，<u>白毡</u>铺径，红雨迷楚。（刘仙伦《永遇乐》）

例6-169 但满眼杨花化<u>白毡</u>。（刘辰翁《沁园春》）

以上两例中的"白毡"均喻指"杨花"。白色的杨花飘落在地上并集结在一起，白色的絮状物结成厚厚的一层，从颜色与观感上都跟白色的毛毡具有一种相似的联系，于是以"白毡"这一更为具象的概念来隐喻"杨花飘落后铺在地上的情景"。又如，

白榆：

例6-170 移根老桂，种在历历<u>白榆</u>边。（朱敦儒《水调歌头》）

例6-171 天上<u>白榆</u>犹落去，况人间、一瞬浮花蕊。（黎廷瑞《贺新郎》）

以上两例中的"白榆"喻指天上的星星。乍一看，天上的星星和地上的榆树，二者似乎难以联系在一起。但如果我们曾见到过榆树的榆钱飘

落满地，就很容易理解这个隐喻了。

榆钱是榆树的种子，是小小的一个个圆形的片片，长在树上是嫩绿色的，每到一定季节就会飘落下来，洒满一地，非常美丽。过几天，绿色退去，便会变成淡黄透白的、类似槐花的颜色。

在古人的想象世界中，天上是另一个空间，是仙界、有仙人居住。如果在天上的仙界种了榆树，当榆钱飘落在仙界的"地上"，那么从人世间看来，便是布满夜空的星星了。

在这个隐喻中，榆钱和星星在"形状""颜色与亮度"以及"量多并洒满/布满一个平面"等特点上具有心理或感官上的相似性，并由此形成了从地到天的空间上的转换，以及从"白榆"到"星星"的隐喻性的认知推理。

值得注意的是，以上这类通过隐喻机制呈现出的隐喻义，并非临时、偶然的修辞现象，而是经过了较长时间的语言发展，已被人们反复使用并普遍接受，已经成为了含彩词本身的一个较为固定的意义。如，用"白榆"隐喻"星星"的意义早在古乐府诗中就已经出现，至唐宋时期仍被使用着：

例6-172 天上何所有，历历种白榆。（《古乐府·陇西行》）

例6-173 香炉峰色隐晴湖，种杏仙家近白榆。（杜甫《大觉高僧兰若》）

例6-174 象帝之先，种白榆於自然，布历历之真质，遍高尚之远天。（薛逢《天上种白榆赋》）

经过长期的语言实践，每当诗词中出现"白毡""白榆"，人们不会再从词语的字面义去推想其比喻义，而是直接将其理解为"杨花""星星"，这说明，在语言使用者的认知思维中，词语的字面形式与实际意义已经形成了直接的投射，后者已经成为了前者的一个固定的意义，至少在特定的文学形式中（诗、词等韵文形式）是这样的，至于在散文中是否同理，需待考察。

（2）通过转喻呈现的意义。如，

白麻：

例 6-175 玉殿白麻书。待君归后除。(张先《醉垂鞭》)

例 6-176 更不草白麻，不批黄敕，稍觉心清力省。(刘克庄《转调二郎神》)

"白麻"，即白麻纸，是一种用苘麻制造的纸。在唐代，"由翰林学士起草的如赦书、德音、立后、建储、大诛讨及拜免将相等诏书都用白麻纸"[1]。于是世人便用"白麻"来转喻"重要的诏书"。

事实上，我们可以发现，通过事物载体与事物内容的这种相关性来转喻地指称某一事物，这种认知及语言表达的方式在宋词含彩词中是较为常见的，如第一章中提到的"黄麻""黄纸"等。在这里，"白麻"作为一个具体实在的载体，被用来转喻一系列较为重要的"诏书内容"。又如，

白袍　白衣：

例 6-177 看绛服临轩，白袍当殿，流汗翻浆。(魏了翁《木兰花慢》)

例 6-178 才子词人，自是白衣卿相。(柳永《鹤冲天》)

例 6-179 念白衣、金殿除恩，归黄阁、未成图报。(李纲《苏武令》)

例 6-180 君知否，这白衣御史，卿相胚胎。(姚勉《沁园春》)

以上词句中的"白袍""白衣"都是某一类人所穿的衣服，即"未做官的士人"[2] 所穿的衣服。

人和所穿的衣服之间通过穿与被穿联系在一起，从心理机制上分析，这种用衣服来转喻穿衣服的人，其实是在事物的"表面形式"和"实质地位"之间建立了一种认知上的关联性。因此在词句中，作为字面形式的"白袍""白衣"实际转喻的是"未得功名之士子"这种实质地位。再如，

白骨：

例 6-181 漫漫白骨蔽川原，恨何日已。(曹豳《西河》)

---

① 汉典网（www.zdic.net）。

② 汉典网（www.zdic.net）。

例 6-182 <u>白骨</u>青山，美人黄土，醉魄吟魂安在否。（王奕《沁园春》）

人或动物死亡以后，在物质实体上所剩的结果往往就是"骨"，而"白"除了表颜色以外，或许多少还带着一些上古文化中表"凶祸丧葬"的意味。

作为一个双音词的"白骨"从整体上来说，仍是以事件的结果，即"白骨"来转喻事件或主体，即"生命的死亡"或"死去的人"。

应该说，以上的各种心理推理机制，无论是基于相似性的隐喻，还是基于各种相关性——载体与内容、形式与实质、结果与事件——的转喻，在人们的认知和语言表达上都是较为常见的。只是不同民族语言文化的走向各不相同，即在各种认知机制中所选用的符号各具特点，比如汉民族在诗词中用"白骨"来表达"生命的死亡"或"死去的人"，但其他民族语言中也许会用别的相关事物来表达类似语义。事实上，颜色词所反映的民族文化特有的语义是我们研究所关注的焦点。下面的（3）（4）（5）所呈现出的字面以外的意义，更具民族文学传统及民俗文化的特性。

（3）从典故或传说中提炼凝结出的意义。如，

白云：

例 6-183 <u>白云</u>乡里温柔远，结得清凉世界缘。（高观国《思佳客》）

例 6-184 黄耳音稀，<u>白云</u>望远，又见春消息。（李弥逊《念奴娇》）

《庄子·天地》中有句："乘彼白云，游于帝乡。"旧题汉伶玄《飞燕外传》："吾老是乡矣，不能效 武皇帝（汉武帝）求白云乡也。"① 后遂以"白云乡"作为"仙乡"的别称，后又因此推而广之，成为"故乡"的代称。因此，后世文学中每每提到"白云"，便往往寄托出作者的"思乡"之情，有时直接用以指"故乡"；同时，当人们厌倦现实的环境时，往往想到归隐故乡，于是"白云"也往往寄托出了想要"归隐"的意思，

───────────

① 汉典网（www.zdic.net）。

或直接指归隐的去处/地方。如，

> 例6-185 到得关河公事了，早去，白云堆里养精神。（王质《定风波》）
>
> 例6-186 一官休务得身闲。几年食息白云间。（赵令畤《浣溪沙》）

应该说，上例中的"白云"这一字面形式已经凝结了"故乡"或"隐居之处"的语义。这种意义，并不是通过隐喻或转喻的认知机制，而是来源于人们对古代典籍与传说的因袭相传。又如，

白眼：

> 例6-187 径醉双股直，白眼视庸流。（黄机《水调歌头》）
>
> 例6-188 山中酒，且醉餐石髓，白眼青天。（张炎《瑶台聚八仙》）

《晋书·阮籍传》中记载："籍又能为青白眼，见礼俗之士，以白眼对之。"[1]源于这个著名的典故，示人以"白眼"，就成了"不用正眼看人"的形象的说法，"白眼"随即表示对某人或某事的鄙薄或厌恶，或直接凝结为"鄙薄或厌恶的眼神"这一词汇语义。

跟"白云"一样，"白眼"一词的词汇意义也是源于历史典故，它作为一个历史文化的"符码"而存在，一旦出现便能"激活"一系列相关的文化背景及由此衍生出的词汇语义，且这种意义只能存在于汉语的环境中。比如，要将"白眼"翻译为英文，只能译为"supercilious look"，即"自大的、傲慢的眼神"，而如果将其字面直译为"white eyes"，相信除了中国人没人能猜到是什么意思。这正是语言体现民族历史文化传统的最显著之处。同样跟特定语言的文化传统相关的词义，还包括（4）和（5）类情况。

（4）源于古代哲学思想、民俗、或宗教的词义。如，

白帝：

---

① 汉典网（www.zdic.net）。

例6-189 因甚素娥脂粉艳，怪他白帝车旗赤。（刘克庄《满江红》）

例6-190 白帝司权，炎官回驭，一叶报秋。（傅伯达《沁园春》）

上例中的"白帝"跟"西方""秋季"等元素相关，这些意义来源于中国古代有关颜色的一系列复杂的哲学思想。

大约是先秦时代，先民产生了"五色"的观念，即"黄、白、赤、青、黑"为五种颜色。后来古人又将阴阳五行说用于颜色的说解，并将五色与五方、五时等进行组合联系。认为"在五行中，木火金水主管的分别是春夏秋冬与东南西北四方，土居中央"，于是，五行、五色、五时、五方的对应就是：木/青/春/东；火/赤/夏/南；土/黄/孟夏/中央；金/白/秋/西；水/黑/冬/北①。

这样，白色就与"秋季"和"西方"产生了联系，"白帝"就成了神话传说中掌管着西风并带来秋季的西方神帝。因此，在"白帝"一词中，"白"的颜色义被削弱，而突出了源于古代上层文化的"西方""秋季"等涵义。

自古以来，中国历代社会中其实都存在着上层文化、民俗文化、各宗教文化等多元文化并存的现象，某些源于民间习俗的含彩词，其中"白"的涵义则反映了古代下层民众对"白"的理解，如，

白舌：

例6-191 赤口白舌，从今消灭，诸余可意。（赵长卿《醉蓬莱》）

"赤口白舌"是古代民间迷信中主口舌争讼的恶神，因此旧俗常常在端午节把写有"五月五日午时书，赤口白舌尽消除"的书帖悬在门上以求躲避是非凶祸。因此，"赤口"和"白舌"均代指口舌之争。

赤，本指火红色；赤口，形容言语恶毒，出口伤人②；各版本词典虽均未对"白舌"作出明确解释，但从"赤口白舌"的近义词"赤口毒

① 任骋：《中国民间禁忌》，中国社会科学出版社2005年版。
② 汉典网（www.zdic.net）。

舌",以及其联合式的组合方式可以推知,"白舌"之"白"也是表达恶毒、与凶祸有关的涵义。这也许与汉民族自古以纯白为凶祸丧葬之用色的民间习俗也有着隐约的联系。

另外,《全宋词》中还存在着大量源于道教或佛教的词语,其中一些是含彩词,这也引起了我们的注意。这些含彩词在其宗教的背景框架下具有专门的意义,往往跟其字面义相差甚远,如,

白虎　白血:

例6-192 白虎首经至宝,华池神水真金。(张伯端《西江月》)
例6-193 白虎长存坎户,青龙却与南邻。(薛式《西江月》)
例6-194 抽添气候,炼成白血换骷骸。(葛长庚《水调歌头》)
例6-195 金木处,炼成赤水,白血自流通。(葛长庚《满庭芳》)

上例中的"白虎""白血"均为道家炼丹术语,前者似为石灰,后者其物不详①,有人猜测可能是水银。显然,这两个道家术语的意义都是通过隐喻而来的,但中心词在于"虎"和"血","白"在其中仍然只起到表颜色的作用。不过,这些含彩词的使用只限于道家炼丹的词作,其意义无法脱离这个特殊的背景语境而存在。

也有一些源于宗教的含彩词渐渐进入了更广的语境被使用,如,

白毫:

例6-196 宛转白毫生额角。长辉烁。百千业障都消却。(可旻《渔家傲》)

"白毫"一词源于佛教中有关"白毫相"的传说:"如来世尊眉间有白色毫毛,右旋宛转,如日正中,放之则有光明,名'白毫相',是如来三十二相之一。"②

因此,"白毫",原指佛眉间的白毛,因为传说中此毛放出光芒,于是便被推而广之,用来指从一个点发散出的、广布四野的光芒,如,

---

① 朱德才主编:《增订注释全宋词》(第一卷),文化艺术出版社1997年版,第154页。
② 汉典网(www.zdic,net)。

月亮的光芒:

> 例6-197 檐外白毫千丈,坐上银河万斛,心境两佳哉。(罗愿《水调歌头》)
>
> 例6-198 明月四时好,……放出白毫千丈,散作太虚一色,万象入吾眸。(京镗《水调歌头》)

可以说,"白毫"的"月光"这个意义从佛家传说而来,但已经超越了佛教的语境,进入了更普遍的创作语境。

(5) 词义引申产生的意义

这些含彩词中"白"的语义从颜色义引申而来,但语义重心已从颜色转向了其他方面,与白颜色本身已经产生了一定距离。如,

白社　白屋　白身:

> 例6-199 不见彭余朱李辈,总是白身人作。(姚勉《贺新郎》)
>
> 例6-200 东林白社,依约认前缘。(无名氏《满庭芳》)
>
> 例6-201 访乌衣,成白社。不容车。(贺铸《台城游》)
>
> 例6-202 白屋到横金,已是蟠桃结子。(程大昌《好事近》)

"白"的本义即白颜色,从古代染色的技术角度看,"白"也有未染色的、未经修饰的意思。

中国古人将这种"某事物未经染色修饰"的意思,与相关的"人的地位财富状况"进行一种认知上的对应。一个人做了官,可以说是"官位加身",那么没有官位加身的人,就成了"白身人",如例6-199。

古人的住所,有的是经过修饰的雕梁画柱、朱门绿窗,有的人家则没有那个财力或地位去装饰住所,于是住的地方就称为"白社""白屋",如例6-200、6-201、6-202。

"白"既表示未经修饰,同时也反映了住所中的人无财力、无地位的状况。于是"白"引申出了"无名无利"的涵义,与"富贵""名利"相对立。

"白"的未经染色修饰的特性从另一个方面引申开去,又有了"干净""清洁"的涵义,如,

白足：

例 6-203 过从少，但赤髭<u>白足</u>，时复谈禅。(陈人杰《沁园春》)

例句中的"白足"在此处转指僧人，而其字面意义就是"白净的足"，"白"此时的中心意义即为"干净的""白净的"，与"肮脏的""污秽的"对立。

以上分析了含彩词语的字面意义或字面以外的各种语义，需要说明的是，在《全宋词》中，有些含彩词语存在着字面义与引申义用法共存的情况，即，同一个词既存在字面义的用法，有时也会出现字面外意义的用法，这些含彩词语在宋词中表现出的意义是多样的、并存的，如，

白日：

例 6-204 花台响彻歌声暖。<u>白日</u>林中短。(方千里《虞美人》)

例 6-205 围棋消<u>白日</u>，赏月度清宵。(曹勋《临江仙》)

例 6-206 <u>白日</u>去如箭，达者惜分阴。(朱敦儒《水调歌头》)

例 6-207 有青天<u>白日</u>，和风甘雨，公如父、氏如子。今度虎牌重到，感皇恩、欢声千里。(无名氏《水龙吟》)

例 6-208 上有皇天<u>白日</u>，下有人心青史，未必竟朦胧。(王奕《水调歌头》)

例 6-209 人世夜，<u>白日</u>照，忽开明。衮佩冕圭百拜，九泉下、荣感君恩。(刘过《六州歌头》)

例 6-204、6-205 中"白日"指白天的时间；例 6-206 转喻时光；例 6-207、6-208、6-209 中"白日"则隐喻皇帝。

三　含彩词语中"白"的语义分析

通过对含彩词语的语义分析，我们发现，含彩词的语义形成较为复杂，除了颜色词"白"和单音名词二者的语义外，往往还涉及传说典故、民俗文化等诸多方面的因素，而且颜色词"白"在词义整合中的作用也不尽相同。

颜色词的语义是本书的主要研究对象，因此，为了能对"白"本身

的语义进行更为明晰的勾勒，我们不妨将"白"的意义从含彩词语中抽离出来，进行语义分析：

我们在上节中将含彩词语的语义类型大致分为两类：一是字面义；二是字面以外的意义。

其中"字面义"中所有含彩词语中的"白"，以及"字面外"中隐喻、转喻和典故中的"白"，其在含彩词语中的语素义仍表现为客观物理/视觉概念上的"白"颜色。前者如"白月""白浪""白苹"，后者如"白榆""白袍""白眼"等，其中"白"本身只是表现颜色。

源于文化习俗的含彩词语中的"白"以及来源于宗教文化中的含彩词中的"白"，也仍然表达颜色义，如"白血""白虎"来自道家炼丹术语，其实是用二者来比喻炼丹的一些矿物原料，"白"在其中的语素义价值仍在于表现颜色。

又如，"白毫"源于佛家的说法，"宛转白毫生额角"即，佛额角的白毛可放射出光芒，转喻后，用"白毫"喻指光芒，事实上此处"白"的语素义仍然是表现色彩，同时还表现了颜色的亮度。

而源于古代哲学思想，以及民俗中的含彩词语，如的"白帝""白舌"中的"白"部分地摆脱了颜色义，侧重表现古代文化或民间习俗中"白"的含义。

另外，"词义引申"类中的"白"已经基本从颜色转向了其他方面，这些引申义的走向都体现了汉语民族的思维特点。

下面对"白"的语素义进行分类论述：

1. 表示客观物理视觉上的颜色义，即"白颜色"。但进入词汇组合后，"白"本身语义的侧重点会有不同：

（1）白+植物 组合

"白"表颜色主要在于指别，即指出与其他颜色的区分，如"白菊""白桃"，"白"的主要作用在于指出不是"黄菊"或"碧桃"。

（2）白+鸟兽 组合

"白"表颜色侧重点则在于白的纯度、强调"无杂色"，如"白马""白鹭"。

（3）白+自然景物 组合

如"白浪""白水""白波""白日""白雪"等，"白"表颜色的同时侧重亮度，凸显水的晶莹、或光线的明亮；

又如，"白+酒"时，"白"则侧重其"透明、清澈"的一面。

（4）白+纺织物 组合

如"白氎""白衣""白绖"等，"白"表颜色时侧重于其"未染它色"的一面。

（5）白+玉器 组合

如"白璧""白圭""白玉"，"白"除了表颜色还蕴含了"无瑕疵"之意。

（6）白+建筑 组合

如"白塔""白道""白壁"，"白"的侧重点在于"干净"，没有杂物或乱涂乱画。

通过分析表颜色的"白"进入词汇组合后的不同侧重点，我们可以发现，一种颜色是可以从许多不同角度去进行观察的，"白+名词"组合中，名词往往为"白"提供了一个背景框架，或曰"近语境"，从而对"白"的各参数值起到定位的作用，由此来凸显一些方面，忽略一些方面。可以想象，这些被侧重的方面便很容易成为"白"的语义出现引申的端倪。

2. 引申义

（1）源自古代哲学思想的引申义，和源自民间习俗的引申义（弱）

这类引申义在《全宋词》语料中的体现比较弱，出现率也较低，只有"白帝""白舌"两个词，前者的"白"代表西方、秋季，源自古代五色与五方、五时的对应思想；后者的"白"含有凶祸之意，来自民间俗义，如"赤口白舌"中，"白"有"凶、害"之意（详细分析见3.2.2.2 小节第（4）小类）。

（2）从语言使用中发展起来的引申义（强）

正如上文所提到的，通过不同角度去观察作为颜色的"白"，便会衍生出一系列相关的联想，于是引申出不同走向又相互联系的一组意义：

A. 从"白"的未染色、不加修饰，延伸到未附加任何财富、名利，即"贫穷、无产"。如，"白屋""白社""白身"。

B. "白"，"贫穷、无产"即"无所依凭""赤手空拳"。如，"白战"，即空手搏斗或不能使用常用词来作诗词。

C. "白"未加染料、杂质，未弄脏本来面目，于是有"干净""清洁"之义。如，"白足"。

　　本节首先对"白"构成的含彩词语语义的形成及来源进行了细致分析，接着从中抽离出作为语素的"白"所表达的意义，并对"白"本身的语义进行了梳理。在宋词这个共时平面的基础上，我们不妨用下面的图来直观地展示"白"在《全宋词》中所体现出的语义群：

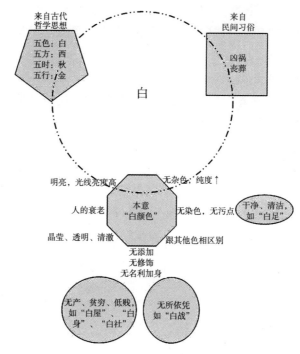

图 1　"白"在《全宋词》含彩词中表现出的语义群

　　由于本书是以《全宋词》为语料的断代共时平面的研究，因此上图关于"白"的语义无法确定各义素之间的引申关系，只能以共时的方式客观地展现。

第四节　白色系列颜色词简析

一　白色系列颜色词在《全宋词》中的使用频度统计

表 12　　　　　　　　白色系列颜色词的词频统计

颜色词	银	素	皓	皎	缟	皤
出现次数	1184 次	1005 次	204 次	97 次	64 次	6 次

注："银""素"的使用中，在表颜色的同时，有时也可能表现材质，如，

例 6-210 渐玉箸、银钩满。（柳永《凤衔杯》）

例中的"银"可以表颜色，也可能表材质。但很多时候，"银"表现的是事物的颜色和光感，如，

例 6-211 变韶景、都门十二，元宵三五，银蟾光满。（柳永《倾杯乐》）

例 6-212 锦帐里、低语偏浓，银烛下、细看俱好。（柳永《两同心》）

例 6-213 清都绛阙夜景，风传银箭，露霭金茎。（柳永《长相思》）

例 6-214 轻霭浮空，乱峰倒影，潋滟十里银塘。（柳永《如鱼水》）

上例中"银"并不表材质，而是突出事物的颜色和给人的白亮的光感，"银蟾"即银色的月亮、"银烛"即白色蜡烛、"银箭"和"银塘"分别指急促的雨丝和清澈的池塘，在光线照映下显出银白色。

二 白色系列颜色词的义素对比分析

表 13 白色系列颜色词表义特征分析

对比项 颜色词	色相描述	常见语境	由颜色的常见语境引发的语义特点	非颜色义（可能与颜色有隐性联系）	文化义	民间俗义
银	如银（n.）的白色	银制或染成银色的器物；月光、银河或其他液体反射的光	—	—	—	—

对比项 颜色词	色相描述	常见语境	由颜色的常见语境引发的语义特点	非颜色义（可能与颜色有隐性联系）	文化义	民间俗义
素	未染色的白色	较广泛，多见于纺织品、服饰未染色	质朴、不加装饰	平素、平常	—	—
皓	明亮的洁白	天空、月；毛发、肌肤、齿	光泽度高、明亮	—	—	—
皎	明亮清澈的洁白	多用于日、月	清澈、澄静	—	—	—
缟	带些许光泽度的细白色	用于纺织品、具有白光感的自然霜雪冰华、或毛发	—	—	—	—
皤	白色	只用于形容老人须发	—	—	—	—

第五节　本章小结

　　本章首先对"白"在句中单独使用的情况进行了分析，探讨了"白"在充当各种句法角色时所表达的意义，并对"白"与其他词构成的各类词组进行了语义分析，并分析了"白"在表颜色以外，由颜色义出发向不同角度引申出的一组义素群。

　　其次对"白"构成的含彩词语以及"白"在含彩词语中表现出的语义进行了分析。

　　最后将"白"在含彩词语中表现出的语素义和"白"在形容词/动词组合中表现出的语素义进行归纳，整合为一个"白"的义素群语义分布图：

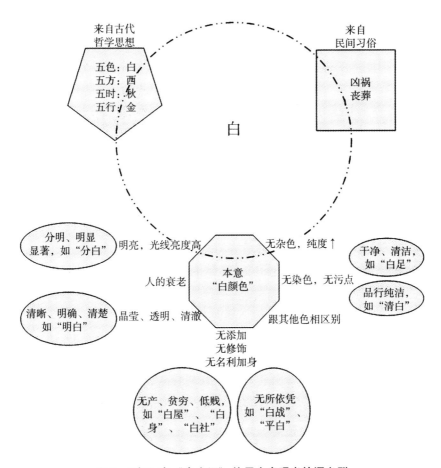

图 2 "白"在《全宋词》使用中表现出的语义群

第七章

基本颜色词"黑"之分析

第一节　总体概述

黑色是人类生活中非常重要的一类颜色。据人类考古学的研究发现，"黑色和红色是古人最早使用的颜色"①。"柏林和凯的研究也证明，表示"黑"的词语一般是语言中最早出现的颜色词之一。"②而表示黑色的颜色词在汉语中也有着特殊的地位。

据前代学者的统计，上古时期，表示黑色概念的基本颜色词主要是"幽"和"玄"，而从汉晋南北朝开始直到现代，"黑"便成为了表示黑色概念的基本颜色词，并一直充当着黑色系词语语义场的上位概念词③。

前代学者对于"黑"字的本义也进行过较为深入的探讨。对于"黑"字本义的解读也是众说不一④。如，有的学者认为"黑"字的本义源于墨刑；有的学者认为"黑"字的本义还待考；目前较为主流的说解是采用《说文解字》中的描述。许慎《说文解字·黑部》："黑，火所熏之色也。"即表示烟火熏黑的颜色。

其实，无论"黑"字本身最初的造字义是如何取象的，最终的事实是，在表示颜色概念时，"黑"可以表示事物在色相上呈现出的黑色，也可以表示无光源或光线极暗时事物呈现的黑色，因此"黑"在表示颜色时的抽象化程度更高，成为了表黑颜色词的上位概念，并在汉语颜色词体系中居于基本颜色词的地位。

---

① 侯立睿：《古汉语黑系词疏解》，博士学位论文，浙江大学 2007 年，第 8 页。
② 侯立睿：《古汉语黑系词疏解》，博士学位论文，浙江大学 2007 年，第 8 页。
③ 姚小平：《基本颜色调理论述评——兼论汉语基本颜色词的演变史》，《外语教学与研究》1988 年第 1 期。
④ 侯立睿：《古汉语黑系词疏解》，博士学位论文，浙江大学 2007 年，第 13—15 页。

在我们的语料《全宋词》中，"黑"共出现了 136 次。与本书之前所分析过的"黄""白""红""青"四个基本颜色词在语料中的出现频次相比，"黑"在《全宋词》中的出现量明显地不均衡，远远少于前四个颜色词（前四个词在语料中的出现次数分别为"黄"2954 次、"白"2160次、"红"5052 次、"青"3375 次）。

究其原因，大概有二：

1. 是与宋词这种文学形式本身的审美情趣、题材取象等特点有关。

今天我们看到的绝大多数宋词其实就是宋代市井流行歌曲的歌词。流行歌曲的内容大多是与美人的相会相悦、相思离别等。即使是中后期出现了许多怀古唱游、言志抒情的作品，其中也多以描写自然景色为主，且往往也脱不开与心中思念之人的情感纠结，即使是忧郁与愁苦也往往透出优雅的气质。因此香艳、柔美、温婉的气质便成了宋词主流的审美情趣。

而"黑"所表现的颜色以及带给人类感官上的认知体验，往往无法体现出宋词审美情趣的特点，因此宋词创作中不经常去选取黑色或黑暗色的事物作为描写对象；

2. 是在表黑色的颜色词群中，除了"黑"这个主要颜色词外，还存在着其他表示黑色概念的词。这些词有的可以看作是颜色词，如"玄""皂"，有的则本身是名词兼具表颜色的功能，如"墨""乌"，还有的是表现某种特定情况下的黑色，如"缁"表示织物的黑色，"黛"表示颜料的黑色等。在文学语言中，有时为了追求诗意化的语言效果，往往会采用此类下位颜色词来表现某类特定情况下的黑色，这也降低了"黑"的使用率。

虽然《全宋词》中颜色词"黑"的出现频率不如前四个颜色词的高，其使用情况也许并不能非常典型地反映宋代语言中"黑"的使用情况，但至少可以作为宋代文学语言中颜色词"黑"使用情况的一类表现，对于以后研究宋代语言其他材料时会有一定的补充作用，因此对《全宋词》中的"黑"进行语义及语用上的分析仍有一定的必要性。

第二节　"黑"在句中单独使用时的语义特点

《全宋词》中"黑"单用于句中的情况共出现了 38 例，其中的大部分情况"黑"均作为谓语出现,详见下表。

表 14   "黑"用于句中时的句法成分统计

句法成分	充当主语	充当宾语	充当谓语
出现次数	1 次	2 次	35 次

一 "黑"表示人毛发的黑颜色

"黑"单用于句中的情况共出现了 38 例,其中有将近一半的词句(18 例)都是用于描写人头发的黑颜色。

(1)"黑"在句中作主语或宾语,如,

例 7-1 天有尽头,水无西注,鬓难留**黑**,带易成宽。(孙惟信《风流子》)

例 7-2 冲融道貌丹为脸,扶疏漆发**黑**盈头。(史浩《最高楼》)

(2)"黑"在句中作谓语,如,

例 7-3 带垂金,头尚**黑**,紫绮裘。(黄庭佐《水调歌头》)

例 7-4 持觞劝,辰拱北。阴功在,头俱**黑**。(华岳《满江红》)

例 7-5 不愿头白还**黑**,不愿齿落重生。(郝子直《画堂春》)

例 7-6 周衮归来,凤池麟阁,双鬓犹**黑**。(李曾伯《醉蓬莱》)

例 7-7 口儿香、发儿**黑**。(晁端礼《滴滴金》)

"黑"在宋词中的使用中,作为谓词的描写功能显得较强。

二 "黑"用于描写其他事物呈现出的各类黑颜色

1. "黑"描写乌云的颜色,如,

例 7-8 马首山多,雨外青无色。谁禁得。残鹃孤驿。扑地春云**黑**。(仇远《点绛唇》)

例 7-9 风刚浪猛早收拾。天外暮云**黑**。(王质《滴滴金》)

2. "黑"描写天色，如，

> 例7-10 湛湛长空黑。更那堪、斜风细雨，乱愁如织。（刘克庄《贺新郎》）
>
> 例7-11 守著窗儿，独自怎生得黑。（李清照《声声慢》）

3. "黑"描写月光的黯淡，如，

> 例7-12 虽云乌、月黑路蒙笼，何曾窄。（王质《满江红》）
>
> 例7-13 月黑波翻江浩渺。扁舟系缆垂杨杪。（周紫芝《渔家傲》）
>
> 例7-14 月黑天寒花欲睡。移灯影落清尊里。（周紫芝《渔家傲》）
>
> 例7-15 潮退沙平凫雁静，夜深月黑鱼龙怒。（蒲寿宬《满江红》）

4. "黑"描写其他带给人黑色观感的景物，如，

> 例7-16 溪水沈沈天一色。鸟飞春树黑。（陈克《谒金门》）
>
> 例7-17 铿然忽变赤龙飞，雷雨四山黑。（陆游《好事近》）
>
> 例7-18 马上琵琶关塞黑，更长门、翠辇辞金阙。（辛弃疾《贺新郎》）
>
> 例7-19 染豪处，池翻黑。（赵希蓬《满江红》）
>
> 例7-20 奈一番雨过，沾衣泥黑，三竿日上，扑面尘红。（陈著《沁园春》）
>
> 例7-21 鬓影黄边半白，烧痕黑处重青。（石孝友《朝中措》）

总的来看，无论"黑"用于描写何种场景下的颜色，其语义核心为"黑颜色"，其语用功能主要在于描写事物的颜色。

5. 语料中没有出现"黑"表达文化含义的用例。但《全宋词》中仍有一例引起了我们的注意，

例 7-22 面儿白、心下<u>黑</u>，身长行短。（无名氏，失调名）

上例中的"黑"用于描述一般不具有该颜色的事物"心"，因此让人不得不怀疑此处"黑"的语义是否发生了变化。

在查阅注释资料后，我们没有得到相关的解释说明。同时，由于仅此一例，也没有其他相似的用法加以对照，因此对于"黑"在词句中所表达的含义我们只能结合整首词作的上下文，进行一些猜测。

一种可能是形容"默默的""悄悄的""隐藏的"，因为下文中有一句"蓦地下来后，吓出一身冷汗"；另一种是结合"舞万遍。无心看。愁听弦管。收盘盏。寸肠暗断"等句，"黑"可能表达"心灰意冷、心情黯淡"之义；第三种也可能是现代汉语中常见的"黑心""邪恶"的意思。

由于没有更多的旁证，此例中"黑"的含义不好定论，也许今后在宋代散文颜色词的调查中可能得到其他例证，但至少"黑"在此处直接表示颜色的可能极小。

第三节　"黑"在含彩词语中的语义分析

《全宋词》中由"黑"构成的含彩词语数量不多，共计约 25 个。从"黑"在含彩词语中所表现出的语义内容上看，可将"黑"的语义功能大致分为以下三类：

一　"黑"主要表现颜色

"黑"在含彩词语中主要表现颜色，例如，

例 7-23 一枰<u>黑</u>白终何著，未可目前看。（魏了翁《眼儿媚》）
例 7-24 <u>黑</u>白几枰屡变，丹青百奏如新。（刘克庄《朝中措》）
例 7-25 鼎炉汞走<u>黑</u>铅飞。从此恐君丧志。（萧廷之《西江月》）
例 7-26 纯一体，<u>黑</u>赤气常喷。（陈朴《望江南》）

上例句中的"黑白"以颜色转喻实体"围棋子"，但本质上"黑"表现围棋的颜色。"黑铅"和"黑赤"均为道家炼丹的术语，即指"黑汞"等矿物质,"黑"在其中也主要表示颜色义,即"黑色的"。

又如,

例 7-27 书底青瞳如月样,镜中<u>黑鬓</u>无双处。(萧泰来《满江红》)

例 7-28 妆点华堂,双扶醉玉,<u>黑颠</u>如许。(百兰《醉蓬莱》)

例 7-29 <u>黑发</u>便逢尧舜主。笑人白首耕南亩。(黄庭坚《蝶恋花》)

例 7-30 家世传黄阁,功名起<u>黑头</u>。(侯寘《南歌子》)

"黑鬓""黑颠""黑发""黑头"均指人黑色的毛发,同时间接地表达了"年轻"的涵义,但这种涵义是通过整个含彩词表达出来的,而"黑"在含彩词中仍主要在于表现颜色。

二　"黑"表达抽象语义

"黑"表达某些抽象的意义,这些语义往往与"黑色"本身存在一定理据上的相关性。

1. "黑"除了表达颜色概念以外,另一个重要的语义功能在于表现光线黑暗的概念。

某些含彩词语中的"黑"主要表达"光线幽暗"或"无光"带来的"黑"的感官体验,如,

黑渊 黑流沙:

例 7-31 茫茫苦海两无边。无限迷鱼戏<u>黑渊</u>。(汪元量《忆王孙》)

例 7-32 要自白榆星外,直至<u>黑流沙</u>底,山与泽俱平。(程珌《水调歌头》)

句中的"黑渊"并不是指"黑色的"渊潭,而是指很深的、光线不能到达的渊底。"黑流沙"也不是指"黑颜色"的流沙,而是指由于没有光线而晦暗的地下。

当事物深厚或不透光时,光线的照射作用无法达及,于是事物会带给

人黑暗、昏暗的感受。又如，

黑甜：

> 例 7-33 黑甜自来无比，百计总输先。（张抡《诉衷情》）
> 例 7-34 奈倦情如醉，黑甜清午。（张矩《梅子黄时雨》）
> 例 7-35 醉去黑甜一枕，炉烟袅、花影斜晖。（李处全《满庭芳》）

"黑甜"是宋词中较为特殊的一个含彩词。"黑"和"甜"都是形容词，组合在一起表示"酣睡"的意思。

人在睡觉时闭上眼睛，生理上自然接受不到光线的刺激，于是感官上反应出黑暗的感受；"甜"在词中主要表现"酣畅"的意味。因此"黑"在此处也主要表现"光线晦暗"的概念。

2. "黑"有时进一步更加抽象地表达"隐藏""沉默"的涵义，如，

守黑：

> 例 7-36 翁道暮年惟只眼，不比六根全底。常日谈玄，馀龄守黑，赤眚从何起。（刘克庄《念奴娇》）

句中的"守黑"虽为动宾组合，但其语义已较为整合。

"守黑"，即谓"安于暗昧，保持玄寂"。语出《老子》："知其白，守其黑，为天下式。"河上公 注："白以喻昭昭，黑以喻默默，人虽自知昭昭明白，当复守之以默默如闇昧无所见。"[1]

人的大脑在认知过程中，常将视觉上的感受隐喻为意识上的感受而采用相通的表达方式，此处的"黑"与"韬光养晦"中"晦"表达的意思接近，都是以视觉上对光线晦暗的感受隐喻为意识上对某件事物的处理方式，"守着黑"，即保持沉默的、暗昧的、低调的态度。

3. "黑"与某些表自然气象类名词结合时，往往有"狂""暴""猛烈""恐怖"等涵义。如，

黑风　黑云：

---

[1] 汉典网（http://www.zdic.net）。

例7-37 报道<u>黑风</u>飞柳絮,齐翻白雪侑羔卮。(程大昌《浣溪沙》)

例7-38 恨<u>黑风</u>、吹雨湿霓裳,歌声歇。(汪元量《满江红》)

例7-39 况青岗不助,晋家风鹤,<u>黑云</u>直卷,吴分星牛。(陈著《沁园春》)

例7-40 <u>黑云</u>飞起。夜月啼湘鬼。(张炎《清平乐》)

一般在风势、雨势巨大狂暴的时候,天空会在人视觉上和心理上产生黑暗、恐惧的感受,于是当出现狂暴、猛烈的天气气象时,人们便会用"黑"来形容这种巨大、猛烈且让人产生恐惧感的景象。

三 "黑"表达文化概念

"黑"表达某些与文化因素相关的抽象概念,如,

黑眚 黑龟:

例7-41 九万里风清<u>黑眚</u>,三千世界纯银色。(刘克庄《满江红》)

例7-42 真一北方气,玄武产先天。自然感合,蛇儿却把<u>黑龟</u>缠。(夏元鼎《水调歌头》)

前文曾提到过上古颜色文化中有五色与五方、五行对应的说法。

"黑"所对应的方位和物质分别为"北方"和"水",因此"黑眚"即指由水而生的灾祸(眚,即灾祸);"黑龟"在句中则指"北方的神"。句中的"玄武"就是指"北方的太阳之神",且其形象为龟,由此推出与之同义的"黑龟"之"黑"很可能就是指"北方"的涵义。

关于五色与五方、五行等的对应之说蕴含了中国古人当时复杂的哲学思想以及观察世界的方式,是中国古代文化思想的一个重要内容。

正是基于这样的文化因素,古代汉语中的颜色词特别是表现传统"五色"的颜色词在使用中常被赋予相关的文化涵义,如果不了解这个文化中的色彩对应体系,很多古典诗词句读起来不知所云,而一旦了解,就像找到了破译种种藏于字句中密码的钥匙。可以说,这时的颜色词已经成为承载古代文化思想的符码。

第四节　黑色系列颜色词简析

一　黑色系列颜色词在《全宋词》中的使用频度统计

表 15　　　　　　　　　黑色系列颜色词的词频统计

颜色词	乌	黛	墨	玄	黎	缁	皂
出现次数	464 次	324 次	244 次	212 次	34 次	20 次	20 次

注："乌""墨"等只是部分用法表现颜色，如，

例 7-43 又是晓鸡声断，阳乌光动，渐分山路迢迢。(柳永《凤归云》)

例 7-44 慢绾乌云新浴罢，裙拂地、水沈香。(尹焕《唐多令》)

例 7-43 中的"阳乌"指太阳，"乌"是鸟名而非指颜色；7-44 中"乌云"的"乌"则表示颜色。

例 7-45 愁墨题笺鱼浪远，粉香染泪鲛绡透。(张端义《倦寻芳》)

例 7-46 想雁空、北落冬深，澹墨晚天云阔。(吴文英《暗香疏影》)

例 7-45 中"墨"指写字用的墨，而 7-46 中的"墨"则形容云天的颜色。

二　黑色系列颜色词的义素对比分析

表 16　　　　　　　　黑色系列颜色词表义特征分析

对比项 颜色词	色相描述	常见语境	由颜色的常见语境引发的语义特点	非颜色义（可能与颜色有隐性联系）	文化义	民间俗义
乌	浅黑色	月色、云色；或其他呈浅黑的事物	—	乌鸦	—	传说中代表太阳

续表

对比项 颜色词	色相描述	常见语境	由颜色的常见语境引发的语义特点	非颜色义 （可能与颜色有隐性联系）	文化义	民间俗义
黛	青黑色	多用于女子眉妆	—	—	—	—
墨	如墨的黑色	形容墨染的颜色；或修饰其他颜色词，如"墨绿"、"墨黑"	—	—	—	—
玄	泛指黑色	用源于上古词	—	深奥、神妙	北方	—
黎	黑中带黄	多与"民""庶"连用；或形容植物或面色	—	—	—	—
缁	黑色	多用于纺织品	多用于僧人服饰	—	—	—
皂	黑色	形容染色的黑色	—	与"白"、"朱"对举时，代表"非"、"恶"	—	—
青	青黑；黑色	用于人的毛发或眼睛	年轻、青壮	—	—	—

第五节 本章小结

与其他四个主要颜色词（黄、白、红、青）相比，"黑"在宋词中的使用率明显偏低。前文曾提到，这与宋词本身的审美情趣有一定关系。那么，仍然出现在语料中的"黑"又是基于怎样的情况被使用的呢？

通过考察使用"黑"字入词的作者，我们发现，这些作者中只有晁端礼、陈瓘、黄庭坚三人出自北宋，而且每人分别只有一首含"黑"的词作，且均为描写毛发的颜色，不含消极、悲观的意味。如，

例7-47 眼儿单、鼻儿直。口儿香、发儿<u>黑</u>。（晁端礼《滴滴金》）

例7-48 见说近来头也白。髭须那得长长<u>黑</u>。（陈瓘《蝶恋花》）

例 7-49 <u>黑</u>发便逢尧舜主。笑人白首耕南亩。（黄庭坚《蝶恋花》）

而其他的作者都或者是经历了由北宋战败到南宋的词人、或是南宋词人以及南宋末年直至金元时期的人，如李清照、陆游、辛弃疾等，这些词人多经历过战乱与丧国之痛，心中往往充满悲愤、绝望的复杂情感。于是除了创作传统意义上香艳柔美的词作外，也创作除了一些表达心中消极情感的词句，如，

例 7-50 垓下兵稀，阴陵道隘，月<u>黑</u>云如垒。……古庙颓垣，斜阳老树，遗恨鸦声里。兴亡休问，高陵秋草空翠。（黎廷瑞《大江东去》）

例 7-51 潮退沙平凫雁静，夜深月<u>黑</u>鱼龙怒。……把清樽、独自笑余生，成何事。（蒲寿宬《满江红》）

例 7-52 醉来横吹，数声悲愤谁测。……云气苍茫吟啸处，龟吼鲸奔天<u>黑</u>。（张元干《念奴娇》）

例 7-53 马上琵琶关塞<u>黑</u>，更长门、翠辇辞金阙。……将军百战身名裂。（辛弃疾《贺新郎》）

例 7-54 湛湛长空<u>黑</u>。更那堪、斜风细雨，乱愁如织。（刘克庄《贺新郎》）

阅读这些词句，我们能够感受到字里行间透出的或悲愤、或绝望的情感。颜色词"黑"作为其中的一分子，为营造这种意境起到了作用。

视觉上的黑暗感带来心理意识上的晦暗、压抑感，这再次证明了颜色与人们其他心理感觉上所存在的相通之处。而"黑"色所带给人们的特定感受与宋词主流的审美情趣相左，也再次解释了颜色词"黑"在《全宋词》中偏低的使用率以及使用"黑"字入词作家们的群体性特性。

第八章

《全宋词》中颜色词使用特点和规律分析

第一节　颜色词在《全宋词》中的句法特征分析

通过对五个基本颜色词及其他出现频次较高的颜色词，在《全宋词》中使用情况考察，我们发现《全宋词》中颜色词在使用形式上表现出以下特征：

一、颜色词既可以进入句中充当主、谓、宾等核心句法成分，也可以作为附属的修饰成分构成词或短语，这在其他类词语的使用中是少有的。

颜色词中除了个别出现频次较低的词（如黎、缃、缥、皤）外，多数颜色词在使用形式上主要呈现两类情形：

第一类是颜色词单用或作为中心词用于句中①。

以颜色词"黄"为例，"黄"作为中心成分单用于句中。

作主语：

> 例 8-1 娇<u>黄</u>照水，经渭城朝雨。（曹勋《竹马儿》）
>
> 例 8-2 <u>黄</u>似旧时宫额，红如此日芳容。（辛弃疾《朝中措》）

作宾语：

> 例 8-3 眉上新添一点<u>黄</u>。（管鉴《鹧鸪天》）
>
> 例 8-4 左牵<u>黄</u>。右擎苍。（苏轼《江神子/江城子》）

---

① 为了叙述方便，在本书章节标题中，将这类使用情况统称为"颜色词在句中单独使用的情况"。

作谓语：

  例 8-5 苹渚冷，橘汀<u>黄</u>。（赵长卿《鹧鸪天》）

  例 8-6 <u>黄</u>了旧皮肤，最是风流处。（陈瓘《卜算子》）

  第二类是颜色词与其他词（主要是单音名词）构成含彩词语。仍以"黄"为例，"黄"作为修饰性成分①，构成含彩词语，如，黄柳、黄草、黄叶、黄蕉、黄沙、黄壤、黄日、黄口、黄阁、黄尘、黄泉，等。

  有的含彩词语已经随着语义的进一步整合形成了含彩词，其中的颜色字相当于含彩词的一个语素②。如"黄尘""黄口"等。

  二、从颜色词在这两类使用形式的频度上看，颜色词作为形容词的性质更强。

  当颜色词与其他词构成含彩词语时，多数情况下颜色词充当修饰语的角色，词性为形容词。

  当颜色词用于句中时，颜色词的词性并不固定：当颜色词充当主语或宾语时，颜色词要么指具有这种颜色的某事物，要么直接意指"这种颜色"，因此常常呈现出名词的词性特征，如，

  例 8-7 <u>白</u>似玉，寒於雪。（葛长庚《满江红》）

  例 8-8 <u>红</u>入桃腮，<u>青</u>回柳眼，韶华已破三分。（王观《高阳台》）

  例 8-9 冲融道貌丹为脸，扶疏漆发<u>黑</u>盈头。（史浩《最高楼》）

  例 8-10 天有尽头，水无西注，鬓难留<u>黑</u>，带易成宽。（孙惟信《风流子》）

  当颜色词充当谓语时，有时表现颜色的状态，有时表示颜色的变化，如，

---

  ①　"修饰性成分"是就大多数情况而言的，存在少数并列组合或颜色词为中心语素的偏正组合情况，如"丁黄"（成年人与儿童）、"断红"（落花）。

  ②　由于这些含彩组合的词汇化程度不一，有的组合可能还介于词与短语之间。因此，我们在文中姑且以"含彩组合"概之，不纠结于词与短语的分辨，而是将这类组合形式与第一类颜色词充当句法成分的形式区别开来。

例 8-11 正雨后、梨花幽艳白。(孙道绚《少年游》)

例 8-12 海霞红,山烟翠。(柳永《早梅芳》)

例 8-13 都不记、琵琶洲畔,草青江碧。(赵彦端《满江红》)

例 8-14 楼观才成人已去,旌旗未卷头先白。(辛弃疾《满江红》)

例 8-15 渺南北东西草又青。(葛长庚《沁园春》)

例 8-16 黄了旧皮肤,最是风流处。(陈瓘《卜算子》)

颜色词表现状态时词性为形容词,表现变化时则偏向于动词词性。

然而,如果将颜色词两类使用形式的频度进行对比,可以发现,颜色词在《全宋词》中作为形容词的用法居于主流。

以五种基本颜色词为例,每个颜色词两类使用情况的频度统计对照如下表:

表 17 五个基本颜色词用于句中和构成含彩词语的使用频次统计对照表

单位:次

颜色词	单用于句中的情况				构成含彩词语的情况	二者比例	共计
	作主语	作宾语	作谓语	小计			
黄	263	260	338	863	2091	2:5	2954
红	638	225	217	1115	3937	7:25	5052
青	69	20	161	256	3119	2:25	3375
白	51	49	300	420	1740	6:25	2160
黑	1	2	35	38	98	2:5	136

通过以上一系列数据比较可以大致看出,颜色词作为形容词性的修饰成分的用法远多于其表现出名词或动词性特征的用法。因此,从词性上看,虽然大部分颜色词在《全宋词》中常有用作名词或动词的用法,但其原型的词性应为形容词。

三、由颜色词与其他词(主要是单音名词)构成含彩词语的大量出现和使用,是颜色词在《全宋词》中使用形式上的又一大特色,同时也是宋词语言本身的一大特点。

从上文的一系列数据可以看出,颜色词构成的含彩词语是颜色词在宋词中出现的最主要的形式。

这些含彩词语有的尚停留在短语阶段,有的已经过意义整合后成为了词,还有的可能还处于二者之间。无论怎样,不可否认的是在宋词这一汉语古典文学语言的代表性载体中,汉语的双音词汇经历了又一个大发展时期,大量含彩词语的出现和使用就是一个典型表现。

这些词语,有的只是临时用于艺术创作的含彩短语,如"青涟""青田"等;有的则经过大量的重复使用和意义整合进一步凝固成了含彩词,并一直沿用至今,如"红尘""红颜""白眼"等。

从组合形式上看,这些含彩词语的结构多数为偏正结构,如,黄云、白日、红叶、青山、黑头,颜色词起着修饰性的作用;

少数含彩词语为并列结构或颜色词为中心语的偏正结构,这类词语一般已经是词义整合度较高的含彩词。

如,丁黄、丹青:

"丁黄"指成人与儿童,并列结构;

"丹青"是两个颜色词并列,指绘画的颜料或直接指绘画作品;

又如,断红、汗青:

"断红",字面为"断落的红",指凋落的花瓣,"红"转喻"花瓣",因此为偏正结构,"红"作中心词;

"汗青","出汗的青","青"转喻竹简,因此实指"出汗的青竹简"。古时常将竹简用火烤后再用以防虫蛀,且竹简往往用于记录历史,因此后来便直接用"汗青"转喻"历史"。"汗青"为偏正结构,"青"为中心词。

从性质上看,含彩词语绝大多数为名词性,也存在个别例外情况,此类含彩词语的语义整合度也往往较高,而且其中的颜色词常常表现出颜色义之外的附加义。

如,白战、守黑:

"白战",指"空手搏斗",此处"白"已经不表示颜色而是表达"无所依凭"之义,中心词为"战",因此整个词语呈动词性;

"守黑"的"黑"也已不表颜色,而是指"沉默",整个词义为"保守沉默",为动宾结构,因此为动词性词语。

第二节 颜色词在《全宋词》中的语义特点分析

《全宋词》中颜色词的语义表现出以下几个特点:

一、颜色词的语义往往需要通过与其他词语结合的方式，在具体语境中表达出来。换句话说，颜色词的语义在实际创作表达中体现出一种"附庸性"，即对语境（包括近语境，如颜色词所修饰的名词或修饰颜色词的形容词、动词等和远语境，如描写场景、意境等）的附庸。

1. 从根本上说，颜色词在实际言语中语义的附庸性，应归因于颜色词的抽象性和模糊性，而语言中颜色词的抽象和模糊性，实际上是由颜色这一自然现象本身的连续性和范畴性造成的。

自然界的颜色本来无可捕捉，通过现代光学物理科技，我们了解到自然界的颜色是由光波的波长和频率决定的，而数量本身就是连续的，因此连续性变化的波长和频率数量必然产生连续变化的颜色。现在我们可以通过特制的光谱直观地看到自然界颜色的大致情况。

除了连续性以外，范畴性是颜色的另一大特性。人类在面对自然界无数连续的颜色时，大脑认知往往将连续的颜色划分出不同的范畴类别，并将观察到的颜色分别归入不同的范畴。因此，不同语言和文化中，人们对颜色范畴的划分往往不尽相同。但对于人类视觉感官来说，颜色所呈现出的范畴性是客观存在的。这一点从柏林和凯提出人类语言的基本颜色至今，已经得到了普遍的共识。

客观世界颜色的范畴性使得人类语言中必需产生几个表达颜色范畴的词汇，同时颜色的连续性又必然造成这几个颜色词在表达时的模糊性，因此实际表达中就需要通过其他手段来使其表义精确化。

2. 我们知道，汉语颜色词最初常常就是用某种具体事物的命名来代表某一类颜色，如"红"最初指浅红色的丝织品，"绛"、"绯"指深红色的丝织品，"缃"指浅黄色的丝织品等，同时这些事物的名称也用于指相应的颜色，基本采用的是一种事物用一个专名的表达方式。

而随着人们思维和语言的发展，渐渐倾向于用一个较为抽象的上位词来统摄某一范畴中的一类词，让同一个上位词通过与不同名词结合的方式来达到区别的目的。五个基本颜色词便是经过长期语言竞争，最终成为基本颜色范畴的上位词。

由于需要统摄一类颜色，其本身的意义必然是抽象和模糊的，只能代表一个大致的颜色范畴类别，实际使用中必须依赖其所修饰的名词或者修饰其的词语来达到将颜色"确切化"的目的。

以宋词中的五个基本颜色词为例，每个颜色词所能表达的颜色在一定范畴内是抽象且不确定的，而在特定情况下究竟表现什么颜色则必须附庸在其他词语上。

如，"黄"可以表现嫩黄色，也可以表现枯黄色，还可能表现土黄色。比如，黄菊—黄苇，通过两个名词"菊"和"苇"，我们可以知道"黄菊"和"黄苇"其实表现了两种不同的黄色，前者是像菊花一样鲜黄色，而后者则是植物枯萎之后的枯黄色；而"黄土"的黄色是土黄色；"鹅黄"是指像小鹅绒毛一样的浅黄色；"橙黄"则是橙子成熟时的橘黄色；等等，这些意义同样是附庸在被"黄"修饰的词"土"或修饰"黄"的"鹅"、"橙"上表现出来的。

又如，汉语中较为特别的颜色词"青"，所能表达的色域范围很广，单说"青"，没有人能确切地指出究竟是什么颜色，但在实际言语中，依靠与之结合的不同名词，如，青灯、青空、青山、青鬓等，人们便能较为清晰地认知和辨别这几种不同的颜色："青灯"的"青"表现幽暗的白色、"青空"之"青"表现天空的蓝色、"青山"之"青"表现葱茂的绿色，而"青鬓"的"青"则表现头发的黑色。

《全宋词》中颜色词最常见的使用方式便是附庸于名词、与名词结合，因为具体的名词最能直接明确地呈现出具体的颜色。此外，名词往往在固化颜色的同时，还能顺带着表现颜色的质地、光泽等，如"白菊、白鹭、白浪"，三者所表现的白色在质地和亮度上都有所不同，"白菊"之"白"同时还被赋予了花瓣细腻的触感；"白鹭"之"白"表现羽毛的颜色则可能较暗；而"白浪"之"白"的亮度最高，表现颜色的同时还带有光线反射的亮度。

二、表达颜色范畴边缘色的颜色词在语义使用上往往接近。颜色词语义上的模糊性，源于颜色范畴本身的连续性和边界不清。

例如，同属于"青"颜色范畴的颜色词"碧""绿"，在表现蓝色和绿色上，往往存在模糊性。由于不同的光线或角度，有时会出现偏蓝或偏绿的色差，如，

例8-17 曲池斜径，草色碧於蓝，栏倦倚。（方千里《和清真词》）

例8-18 蓝染溪光绿皱。花簇马蹄红斗。（吴泳《谒金门》）

此处"蓝"大概指用于染色的蓝草,而蓝草所染的颜色更接近靛蓝色,词句中却用于形容草色与溪水的颜色,这些词语的使用特点恰恰说明了自然颜色本身模糊、连续的特性,也反映了人类在感知与表达颜色时的经验特点。

颜色范畴的连续性还表现为,处于范畴边缘颜色的词语在使用上往往接近或混用,如,

当表现春季植物初生时的颜色时,"黄"与"绿"常常以同类词的形式出现,

例8-19 须知绿幕黄帘底,别有春藏姚魏家。(陈造《鹧鸪天》)

例8-20 沙外青归,柳边黄浅,依旧自春色。(李曾伯《醉蓬莱》)

例8-21 瑶草碧,柳芽黄。(严仁《鹧鸪天》)

例8-22 看尽鹅黄嫩绿,都是江南旧相识。(姜夔《淡黄柳》)

又如,

例8-23 修眉敛黛,遥山横翠,相对结春愁。(柳永《少年游》)

例8-24 怨入眉头,敛黛峰横翠。(张先《碧牡丹》)

例8-25 才听便拼衣袖湿,欲歌先倚黛眉长。(晏几道《浣溪沙》)

例8-26 翠眉开、娇横远岫,绿鬟斜、浓染春烟。(柳永《玉蝴蝶》)

"黛"虽属于黑色范畴,但在色谱上实际处于绿色和黑色的边界上,在颜色上接近"青绿、墨绿",于是常常与青色范畴中的词用法接近;而"翠"属于青色范畴,虽在一般情况下表示较亮的绿色,但有时也可以表示接近黑色的深绿、墨绿色,因此宋词中常见"黛眉""翠眉"这样的用法。

三、颜色词在宋词中常常转喻具体的事物,且转喻的事物往往较为固定。

首先,颜色词常用于转喻具体事物,这除了与文学语言的语用特点有

一定关系外，也反映出颜色词表达的语义具有相对的具象性和易识别的特性。这一点与上文谈到的颜色词的抽象性并不矛盾。

可以说，抽象性是多数形容词共有的特性，形容词所表达的语义都需要附着于其所修饰的名词才能体现出来。但相比于如"大""小""软""硬"这类同样抽象的概念，颜色往往是相对具象的，更容易被看作是具有一定空间性的事物，因为它可以诉诸人的视觉，显示出一定的色块边界，因此事物的颜色往往比事物其他属性的可识别性更高。

这可以从一个侧面解释宋词中大量出现的颜色词直接转喻具体事物的语义用法。除了文学语言的诗意化要求外，颜色词意义上的相对具象性和可识别性，也使得人们更倾向于选择颜色词来指代具体的事物，在语言理解中也更倾向于将颜色词理解为具体的事物。比如，

例 8-27 知否知否，应是绿肥红瘦。（李清照《如梦令》）

上例中用"绿"和"红"分别转喻"叶"和"花"。事实上，"红色的""瘦小"都是用来描写"花"的形容词，同时"绿色的""肥大"都是"叶"的特性。

"绿肥红瘦"是用事物的颜色来转喻事物，而用"肥、瘦"来描写事物的体积特征。人们可以很自然地将之理解为两个主谓结构。

如果反过来用事物体积的特性"肥和瘦"来转喻事物，用颜色来描写事物，应该是"肥绿瘦红"，可是人们一般对此的理解往往会是两个偏正结构，即"肥""瘦"分别修饰"绿""红"所指代的事物，而几乎不会理解为两个主谓结构。

宋词中存在大量此类用法，即，事物本体并不出现在句子表层，而是用事物的颜色来转喻事物，同时用其他形容词来修饰或描述这个颜色词，如，

例 8-28 断肠几点愁红，蹄痕犹在，多应怨、夜来风雨。（辛弃疾《祝英台近》）

例 8-29 烟村一带寒红绕，悲风红叶，残阳暮草，还似年时。（赵长卿《采桑子》）

例 8-30 遮冈绿，掩羞红。晚来团扇风。　（晏几道《更漏

子》）

例 8-31 谁拥醴酏夸岁瑞，恨无坚白怨朝曦。（程大昌《浣溪沙》）

例 8-32 扣舷歌断，海蟾飞上孤白。（张炎《壶中天》）

例 8-33 腻颈凝酥白，轻衫淡粉红。（周邦彦《南柯子》）

例 8-28 中的"红"转喻花瓣，例 8-29 中的"红"指红叶，例 8-30 中的"红"指女子的脸；形容词"愁""寒""羞"分别修饰颜色词"红"。

例 8-31 中的"白"转喻冰雪，例 8-32 中的"白"指月亮，例 8-33 中的"白"则指女子的肌肤；形容词"坚""孤""酥"分别修饰颜色词"白"。

通过分析每个形容词的语义指向可以看出，事实上，形容词的语义并不是指向颜色的，而是指向颜色词所转喻的事物本身，要么描写事物的特点，如"羞"描写女子害羞的表情；"坚"形容冰雪的特点；"酥"表现女子肌肤的质感；要么表现作者的感受或情绪，如"愁"表现了作者内心忧愁的情感；"寒"表现景物带给人凄凉的感受等。

实际上应该说，这些用法都是宋词中常见又颇具特色的语用现象。但在这里，形容词所描写的事物本体并没有出现在句子表层，而都是通过转喻由颜色词来充当的，这正说明，颜色词相较于其他形容词，其语义是相对具象的，在人的思维和认知加工中，更容易被作为具体事物的代表。

其次，《全宋词》中某些颜色词转喻的事物往往较为固定，即某个颜色词常常转喻有限的几类事物，呈现出一定的程式化倾向。例如，

颜色词"红"转喻时常常指"花"或者"女子"，

例 8-34 凋红减翠，正是清秋杪。（曾觌《蓦山溪》）

例 8-35 明朝一棹人千里，多少红愁与翠颦。（赵善括《鹧鸪天》）

"青"转喻时常常指"树林"、"山峰"或者"人的鬓发"，

例 8-36 青盘翠跃，掩映平林寒涧。（黄裳《瑶池月》）

例 8-37 看排闼青来，书床啸咏，莫向惠峰去。（张炎《摸鱼子》）

例8-38 两鬓可怜<u>青</u>，只为相思老。（晏几道《生查子》）

"黑"单用于句中时的39例中，有将近一半的词句（18例）用于描写"人鬓发的黑颜色"，

例8-39 天有尽头，水无西注，鬓难留<u>黑</u>，带易成宽。（孙惟信《风流子》）

例8-40 周衮归来，凤池麟阁，双鬓犹<u>黑</u>。（李曾伯《醉蓬莱》）

应该说，这种情况与宋词这一文学样式常常取材的题材内容、宋人生活中的常见场景以及词人们常常相互借鉴化用的习惯等都有一定关系。这也说明颜色词与文学创作的语境之间通常存在一种相互选择与适应的关系。

但毕竟文学创作是动态多样的，因此并不能一概而论，只能说在多数情况下，宋词中的颜色词在转喻时所表达的意义呈现出某些相对固定的倾向。

四、颜色词在两类使用形式中所传达的语义内容各具特点。

上节曾提到，颜色词在《全宋词》中主要以两类形式存在，一是颜色词在句中单独使用，二是颜色词与其他词构成含彩词语。

从语义上看，颜色词在这两类形式中所传达的语义信息量并不对等：单用于句中的颜色词在语义上主要是描写颜色或直接转喻具有相应颜色的某事物；而构成含彩词语的颜色词所能表达的语义往往超出了颜色义本身。在某个颜色词所构成的所有含彩词语中，往往只有部分词语中的颜色词是表达颜色义，在另一些词语中的颜色词则可以表达颜色义之外的联想义、文化义等。例如，

"白"单用于句中时，要么描写事物的颜色，要么直接转喻具有白色特征的事物，如，

例8-41 笑淹留，划然孤啸，云<u>白</u>天青。（周伯阳《春从天上来》）

例8-42 正雨后、梨花幽艳<u>白</u>。（孙道绚《少年游》）

例8-43 君举<u>白</u>，我频釂。（刘克庄《贺新郎》）

例 8-44 春风里，种他红与<u>白</u>，笑我懒中忙。（刘辰翁《内家娇》）

"白"在例 8-41 中描写云的颜色，在例 8-42 中描写梨花的颜色；例 8-43 中的"白"转喻酒；8-44 中的"白"则指花。

由"白"构成的含彩词语中，"白"的语义内容更加丰富，在许多情况下表达出超出颜色义之外的联想意义。如，

白社　白屋　白身：

例 8-45 不见彭余朱李辈，总是<u>白身</u>人作。（姚勉《贺新郎》）

例 8-46 访乌衣，成<u>白社</u>。不容车。（贺铸《台城游》）

例 8-47 <u>白屋</u>到横金，已是蟠桃结子。（程大昌《好事近》）

例 8-48 东林<u>白社</u>，依约认前缘。（无名氏《满庭芳》）

"白"的本义即白颜色，从古代染色的技术角度看，"白"也有未染色的、未经修饰的意思。

中国古人将这种"某事物未经染色修饰"的意思，与相关的"人的地位财富状况"进行一种认知上的对应。一个人做了官，可以说是"官位加身"，那么没有官位加身的人，就成了"白身人"，如例 8-45。

古人的住所，有的是经过修饰的雕梁画柱、朱门绿窗，有的人家则没有那个财力或地位去装饰住所，于是住的地方就称为"白社""白屋"，如例 8-46、例 8-47、例 8-48。

"白"既表示未经修饰，同时也反映了住所中的人无财力、无地位的状况。于是"白"引申出了"无名无利"的涵义，与"富贵""名利"相对立。

因此，"白屋""白社""白身"中的"白"，并不表现颜色，而是表达从颜色义"白色"的"未染色、不加修饰"的特点，联想到"未附加上财富、名利"，即"贫穷、无产"之含义。

又如，颜色词"青"单用在句中时，语义内容主要是描写颜色的状态或变化，或者表现具有颜色的某物，如，

例 8-49，赋梅<u>青</u>。（无名氏《捣练子》）

例 8-50 渺南北东西草又青。（葛长庚《沁园春》）

例 8-51 柳下系船青作缆，湖边荐酒碧为筒。（黄公绍《潇湘神》）

例 8-52 看排闼青来，书床啸咏，莫向惠峰去。（张炎《摸鱼子》）

例 8-49、例 8-50 中的"青"分别描写梅子、小草的颜色；例 8-51中的"青"指"柳条"，例 8-52 中的"青"则转喻"青山"。

由"青"构成的含彩词语约有 200 余个，其中只有部分词语中的"青"单纯修饰颜色，如，青嶂、青田、青峦、青溪、青霭、青荷、青萼、青竹、青杏、青罗，等。

在另一些词语中，"青"的语义则超出了颜色义，表现出某种文化涵义。比如，

青阳　青炜：

例 8-53 殷勤踏取青阳。风前花正低昂。（赵彦端《清平乐》）

例 8-54 风雨移春醉梦中。忽然吹信息，堕泸戎。青炜风物换朱融。（魏了翁《小重山》）

"青阳""青炜"中的"青"，并不表现颜色，而是代表"春天"。这个意义源自上古文化中五色与方位、季节的对应之说。"青"在方位上对应东方，而古代神话中掌管春季的春神也居于东方，因此，"青"也就被赋予了"春季"的文化涵义。

总的来看，含彩词语中颜色词所能传达的语义信息往往比其单用在句中时更加丰富。

含彩词语的语义在整合过程中，颜色词跟不同的名词、以不同的方式进行意义整合，颜色词的语义可能生发出一个义素群并且具有一定的系统性。比如颜色词"白"，从其本意"白颜色"出发，可以生发出一系列相关附加义的义素群，如，

从"白"的未染色、不加修饰，延伸到未附加任何财富、名利，即"贫穷、无产"。如，"白屋""白社""白身"。

"白"，"贫穷、无产"即"无所依凭""赤手空拳"。如，"白战"，

即空手搏斗或不能使用常用词来作诗词。

"白"未加染料、杂质，未弄脏本来面目，于是有"干净""清洁"之义。如，"白足"。

从视觉上看，"白"的亮度是各种颜色中最高的，因此比较容易引起注意，于是"白"可以引申出"明显""显然"之意。

从"白"的"未经染色"引申出"没有污点"，继而语义从颜色上的洁白转向较为抽象的品行上清洁，即"品行纯洁，没有历史污点"，如"清白"。

颜色词的义素群围绕着颜色义展开，或远或近。有的可能跟颜色本身的特性有关，如"白足"指"干净、清洁"的足；有的可能跟具有这种颜色的事物的特性有关，如"金屋"之"金"指"华丽""贵重"；有的则可能跟文化传统、社会现实、社会心理等等息息相关，如"青神"之"青"代表东方、春季；"青衫"之"青"在宋代则含有官位卑微的意思，等等。

事实是，从语言学研究语言意义无法忽视对社会、历史、文化、文学传统以及古人哲学思想等的考察和参照，否则无法真正搞清其中的细节和真谛。

第三节　颜色词在《全宋词》中的语用特点分析

上文讨论了颜色词在形式和语义上表现出的一系列特征，但这些还不足以说明颜色词在宋词这一特殊文学样式中的使用特点。

宋词属于纯文学性的韵文文体，因此本身便具有诸多自身的特性，如，歌词的社会功能、一定的格式要求、独特的审美情趣等等。

其次，当颜色词进入宋词创作时，除了一般的形式和意义之外，还应表现出与宋词相适应的语用上的特性。

颜色词在写景状物、表情达意上对宋词的表现力会有明显的影响，同时，宋词这一特殊的文学体式也会对颜色词在其中的使用产生相应的反作用。这些都是宋词中颜色词的语用特征。

一　颜色词在宋词中的审美功能

颜色词在宋词语言中表现出的审美功能，具体地可以从以下几方面得到体现：

1. 有些颜色词往往表现特定的场景和语境

例如，在颜色词对举使用的情况下，如果是颜色词"红"与其他颜色词对举出现时，几乎只表现两类场景，或者是对自然界植物花草的描写，或者是描写与女性有关的各种情态。如，

例 8-55 梅花，君自看，丁香已白，桃脸将红。（葛立方《满庭芳》）

例 8-56 政迤逦、花梢红绽，柳梢黄著。（李壁《满江红》）

例中"红"描写自然界花草的景色。

例 8-57 残妆浅，无绪匀红补翠。（柳永《望远行》）

例 8-58 翠偏红坠。唤起芙蓉睡。（吴文英《点绛唇》）

例 8-59 明朝一棹人千里，多少红愁与翠颦。（赵善括《鹧鸪天》）

例中的"红"描写与女性有关的各种情态，如例 8-57 中"红"转喻化妆用的胭脂；例 8-58 中"红"指女子的首饰；例 8-59 中"红"与"翠"则直接指人，具体地说可能多是词人们的红颜知己。

宋词中颜色词"红"的使用表现出鲜明的特点，即绝大多数出现"红"，特别是"红"与其他颜色词对举并用的词句，都是描写花草景物或者表现女子情态的场景。

值得注意的是，这类用法中的颜色词只是表现特定的场景内容，并不能直接地表达情感。词人的感情、情绪往往是通过修饰或描述颜色词的谓词性成分来传达的，比如，

例 8-60 紫腻红娇扶不起，好是未开时候。（张镃《念奴娇》）

例 8-61 粉轻红褒一生娇。（张镃《虞美人》）

例 8-62 爱莲香送晚，翠娇红妩。（陈允平《扫花游》）

例 8-63 飞絮悠扬，散花零乱，绝胜翠娇红冶。（赵以夫《探春慢》）

例 8-64 对触目凄凉，红凋岸蓼，翠减汀苹。（秦观《木兰花慢》）

例 8-65 是处红衰翠减，苒苒物华休。（柳永《八声甘州》）

例 8-66 不忆故园，粉愁香怨，忍教华屋，绿惨红悲。（方千里《风流子》）

例 8-67 紫凋红落后，忽十丈，玉虹横。（杨子咸《木兰花慢》）

例句中词人的感情和情绪往往是通过不同的谓词性成分，如"娇""妩""袅""冶"和"凋""衰""愁""惨"等传达出来的。而颜色词的主要作用则在于通过转喻代表所要描写的对象内容。

事实上，当颜色词转喻具体事物、充当名词性成分（而非用于描写或修饰对象）时，颜色词往往是不能直接传达感情的，词人的感情更多地通过谓词性成分传达，如上例中的"惨""悲"等。因此在这类情况下，只能说颜色词的使用可能与某些常见的环境或取景对象存在一定的联系。

宏观来看，宋词中颜色词所表现或描写的对象，多数是在传统审美习惯中具有诗意和美感的事物，如风花雪月、青山绿水、碧空白云，等等。虽然某些作品中也存在着不太常见的取景对象，但总体看来大多数作品呈现出一定的倾向。

2. 不同的颜色词也可以表现不同的视觉或心理感受

语言中的颜色词被用于言语创作时，实际上是对人们色彩感受的表达。生活中人们对色彩的感受往往是临时的、随机的心理现象，而非理性的鉴别，因此对色彩的心理感受往往具有经验性，而且也会被他人的经验所影响。

例如，因为观察角度、光线或季节等原因，人们对同类事物色彩的视觉感受会有不同。如，同样是描写柳枝，不同语境下使用不同的词语，

金柳　翠柳　绿柳：

例 8-68 露花倒影，烟芜蘸碧，灵沼波暖。金柳摇风树树，系彩舫龙舟遥岸。（柳永《破阵乐》）

例 8-69 膏雨晓来晴，海棠红透。碧草池塘袅金柳。（蔡伸《感皇恩》）

例 8-70 南楼**翠柳**，烟中愁黛，丝雨恼娇颦。（晏几道《少年游》）

例 8-71 春语莺迷**翠柳**，烟隔断、晴波远岫。（吴文英《夜游宫》）

例 8-72 **绿柳**朱轮走钿车。游人日暮相将去，醒醉喧哗。（欧阳修《采桑子》）

一般来说，柳树给人的色彩感是绿色的，但有时由于词人写景时的某些特定环境因素，则可能带给人不同的视觉感受。

例 8-68、例 8-69 景物中，柳树的旁边均有水波，在阳光的照映下，柳丝也会映出金灿灿的波光，因此，词人便用"金"来修饰柳，以表现不同的视觉效果。

例 8-70、例 8-71、例 8-72 中，景物的环境有所不同，要么天阴、烟雨，要么日暮，没有很强的光线，因此柳树看起来便是正常的绿色、翠色。

同样的柳树，由于环境因素带给人不同的视觉感受，于是词人使用不同的颜色词来表现这些感受，使词作呈现出不同的美感。

有时，不同的颜色词也传达不同的心理感受或情绪。

例如，用不同的颜色词修饰同一个名词"云"，可以传达出不同的情感和情绪。如，

黑云　黛云：

例 8-73 况青岗不助，晋家风鹤，**黑云**直卷，吴分星牛。（陈著《沁园春》）

例 8-74 **黑云**飞起。夜月啼湘鬼。（张炎《清平乐》）

例 8-75 璧月初晴，**黛云**远澹，春事谁主。……谁知道，断烟禁夜，满城似愁风雨。……缃帙流离，风鬓三五，能赋词最苦。（刘辰翁《永遇乐》）

例 8-73、例 8-74 中所描写的景物均给人压抑，甚至有些恐怖的心理感受，而"黑云"更增添了对这种氛围的渲染，很大的原因便在于其中颜色词"黑"的使用。"黑"在用于自然景物时总会带给人晦暗、压抑

之感。

例 8-75 中的"云"从视觉上应该也是灰黑色的，但词人没有使用"黑"而是用"黛"来修饰"云"。"黛"在宋词中常用于形容女子的眉色，因此较之肃杀的"黑"，"黛"能显出些许柔媚的美感。通读整首词可以发现，词所表达的并非压抑恐怖之感，而是人的一种低落、愁苦和略带忧郁的情绪，因此词人用同是黑色系的词"黛"来修饰"云"，将这种略带失落的情绪与"黑"本身给人的过于压抑、凶恶的感觉区别开来，只是呈现出一种委婉、忧郁的美感效果。又如，

白云　碧云：

例 8-76 坐中无物不清凉，山一带。水一派。流水白云长自在。（沈蔚《天仙子》）

例 8-77 我平生，心正似，白云闲。（吕渭老《水调歌头》）

例 8-78 无心出岫，白云一片孤飞。（辛弃疾《新荷叶》）

例 8-76 至 8-78 中的"白云"表现出的是平淡、悠闲的情绪，颜色词"白"的使用画龙点睛式地带出了这种审美效果；

例 8-79 江天虚旷，暮林横远，人隔银河水。碧云渐展天无际。（吕渭老《青玉案》）

例 8-80 弄珠江，何处是，望断碧云无际。（苏氏《更漏子》）

例 8-81 春悄悄，夜迢迢。碧云天共楚宫遥。（晏几道《鹧鸪天》）

例 8-82 望断碧云空日暮。无寻处。（苏轼《渔家傲》）

例 8-83 远汉碧云轻漠漠，今宵人在鹊桥头。（苏轼《浣溪沙》）

例 8-79 至 8-83 中的"碧云"，既有描写晚上的云，也有白天的云，而颜色词"碧"具有的通透、清澈的审美意味，使其描写的景物呈现出空旷、高远的意境。此处，不同的颜色词体现出不同的审美功能。

有时，不同的颜色词除了表现事物给人的不同感受以外，还能够传达出人对事物不同的印象和态度。例如，

黄萧　金萧：

例 8-84 先生馋病老难医。赤米厌晨炊。自种畦中白菜，腌成瓮里<u>黄齑</u>。（朱敦儒《朝中措》）

例 8-85 盘龙痴绝求鹅炙。这先生、<u>黄齑</u>瓮熟，味珍无价。酒颂一篇差要妙，庄列诸书土苴。（刘克庄《贺新郎》）

例 8-86 何处鲈鱼初荐，错俎<u>金齑</u>点脍，令我忆东州。（王之道《水调歌头》）

例 8-87 八月紫莼浮绿水。细鳞巨口鲈鱼美。画舫问渔篷暂舣。欣然喜。<u>金齑</u>顷刻尝珍味。涌雾驱云天似洗。静看星斗迎蟾桂。枕棹眠蓑清不睡。无名利。谁人分得逍遥意。（洪适《渔家傲引/渔家傲》）

"齑"即古时的腌咸菜，但词作中分别使用"黄"和"金"修饰"齑"，表现出对眼前的菜不同的看法和态度。

用"黄齑"时就是指生活贫苦时吃的粗咸菜，而用"金齑"则指名贵精致的美味佳肴。同样是咸菜，可能在颜色深浅上有所差别，农家的"黄齑"颜色深黄，名贵的"金齑"颜色浅黄，但这绝不是最重要的原因，因为由于制作中的各种因素，"金齑"也可能有深黄的时候。

最重要的区别在于，农家吃饭时只有咸菜和赤米（陈年的米）做的饭，就称为"黄齑"；而跟鲜鲈鱼配在一起的咸菜就显得金贵许多，因此称为"金齑"。此处，"黄"和"金"分别传达出人对事物的态度和看法。

3. 不同的颜色词传达在特定社会文化中不同的象征及联想内容

颜色词的这类功能一般体现在颜色词不完全表达颜色义的情况下，即颜色词除了表现颜色之外，还承载着许多关于各种颜色的民族文化心理的联想意义。

例如，在本书第三章中讨论过的"黄尘—红尘""白发—黄发"中，颜色词"黄""红""白"用于不同内容的词作，表达出词人不同的潜在情绪，分别体现出不同颜色词在民族文化心理上的语用功能。

又如，不同的颜色词+衫，通过对比，也会发现二者由于承载着不同的社会文化内涵而出现在不同的语境，

黄衫　红衫　碧衫　青衫：

例 8-88 <u>黄衫</u>飞白马。日日青楼下。（陈克《菩萨蛮》）

例 8-89 银烛印红衫，薄暮新梳洗。（郭应祥《生查子》）

例 8-90 晚妆新试碧衫凉。……人对鸳鸯浴小塘。（吕渭老《豆叶黄》）

例 8-91 天香国色辞脂粉。肯爱红衫嫩。（刘辰翁《虞美人》）

例 8-92 故人惊怪，憔悴老青衫。（苏轼《满庭芳》）

例 8-93 过眼不如人意事，十常八九今头白。笑江州、司马太多情，青衫湿。（辛弃疾《满江红》）

例 8-94 蔬菜鲈鱼都弃了，只换得、青衫尘土。（陆游《真珠帘》）

在中国古代社会文化中，当颜色用于服饰色彩时，不同的颜色往往传达着关于穿衣服者的地位、身份等等社会文化信息。

由此，在文学创作中，将不同颜色的服饰用于不同的创作背景以传达潜在的社会联想意义：

"黄衫"指富家的少年，源自"黄"所传达的"富贵、华丽"之义；

"碧衫""红衫"指美女，源自"红""碧"用于服饰时表现的香艳、女性化的特征；

"青衫"指落魄仕人，一是因为唐宋官服的体制，"末品服青"；二是化用白居易的名句"座中泣下谁最多？江州司马青衫湿"。

说到底，语言作品中颜色词所承载的此类联想义从根本上来源于社会服饰颜色文化本身。但当用于语言艺术的创作时，颜色词无疑是传达这些文化功能最直接的工具。

二 宋词体裁本身的特点对颜色词使用的影响

作为汉语古典韵文的一类，宋词这一文学体裁本身便具有不同于其他文学体裁的特点，这些特点也会对颜色词在其中的使用情况产生相应的影响。

1. 宋词创作时"借景抒情"的特点对颜色词使用的影响

宋词特定的社会功能决定了其创作中最重要的内容便是对外界的景物、事物、人物等环境的描写和刻画。因为作者的情绪往往寄托在他（她）所描写的景物上，作者的情感也往往通过他所营造的意境来抒发，因此，"借景寄情"和"触景生情"是宋词的重要特征。

颜色词无疑是词人描绘景物时最常用的词类之一，因为人类获取外界信息的主要途径便是通过视觉，而对颜色的反应又是人类视觉中最直接的。于是，宋词"借景抒情"的创作方式必然需要大量的景物描写词语，颜色词便成为其中不可或缺的一部分。

根据南京师范大学开发的《全宋词计算机检索系统》生成的《全宋词字频表》中的统计数据，《全宋词》中词文共约 141 万字，实用汉字共 6167 种，按照每个字的出现频率高低排名，其中五种基本颜色词的字频排名及出现次数分别为：

表 18   五种基本颜色词在《全宋词》中的字频排名及出现次数

颜色词	红	青	黄	白	黑
字频排名	第 28 位	第 68 位	第 93 位	第 143 位	第 1481 位
出现次数	5052 次	3375 次	2954 次	2160 次	136 次

可以看出，五种基本颜色词中除了"黑"，其他四种颜色词的字频排名均处于 150 位之前，在 6167 种汉字中都属于使用频率较高的字。

颜色词的高频使用与宋词本身借景抒情、重视景物描绘的特点是分不开的。

2. 宋词的社会功能、审美情趣及常见的取景场景等对颜色词使用情况的影响

上文提到，各颜色词在《全宋词》中的字频高低不同，如，颜色词"红"的使用频率明显居高而"黑"的字频偏低。

事实上，人们生活环境中的各种颜色应该是共存的，而一旦进入特定的艺术创作时，创作者们对描写场景的选择和对颜色词的使用往往是有所取舍的。

总的来看，《全宋词》中颜色词"红""金"等的字频居高与"黑"系列词的低频使用跟宋词体裁本身固有的社会功能与审美传统有很大关系。

我们知道，宋词实际上是古代合乐而歌的歌词，最初就是古代歌楼舞馆中传唱的当时流行歌曲的歌词，这就决定了词主要用于娱乐和言情的社会功能。后来大量的文人士子也参与到歌词的创作中，但仍然坚持了其借景抒情、咏物言情的抒情方式，而且大部分继承了词色彩艳丽、写物柔媚化的传统。

因此，经常用于描写花草、女性以及山水等取景场景的颜色词"红""青""翠""绿""碧"等在宋词作品中使用频率居高，如，常用于描写草木山水的颜色词"翠""绿""碧"在《全宋词》中的字频排名均居于150 位之前，详见下表。

表 19　　　　　　　　　**"翠、绿、碧"的字频及字频排名**

颜色词	翠	绿	碧
字频排名	第 91 位	第 108 位	第 147 位
出现次数	2965 次	2733 次	2098 次

而相对缺少美感的颜色词如"黑"则出现频率较低，许多本来应该是黑色的事物，如人的须发、眼睛等，都或多或少地出于词本身的审美需要改用"翠""绿""青""黛"等更具艺术美感的词进行表达。如，

例 8-95 堂前拜月人长健，两鬓青如年少时。（无名氏《鹧鸪天》）

例 8-96 尽头白、眼青如旧。（洪咨夔《贺新郎》）

例 8-97 含羞整翠鬟，得意频相顾。（欧阳修《生查子》）

例 8-98 玉肌花脸柳腰肢。红妆浅黛眉。（欧阳修《阮郎归》）

例 8-99 绿鬓朱颜，道家装束，长似少年时。（晏殊《少年游》）

例中分别用"青""翠""黛""绿"来形容本属黑色的对象，除了颜色词本身的模糊性之外，更多的还是缘于其他几个颜色词与"黑"在审美感受上的区别功能。

宋词特有的审美传统和创作特点会对词人创作时的用语带来一定要求，而从另一个角度看，有时颜色词的使用对一篇词作所呈现的情绪和美感来说，会产生一些重要的影响。例如，

例 8-100 楚天千里清秋，水随天去秋无际。

遥岑远目，献愁供恨，玉簪螺髻。

落日楼头，断鸿声里，江南游子。

把吴钩看了，栏干拍遍，无人会、登临意。

休说鲈鱼堪脍，尽西风、季鹰归未？

求田问舍，怕应羞见，刘郎才气。

可惜流年，忧愁风雨，树犹如此！

倩何人唤取，红巾翠袖，揾英雄泪！

（辛弃疾《水龙吟·登建康赏心亭》）

　　辛弃疾的这首名作《水龙吟·登建康赏心亭》作于乾道四至六年（1168—1170），其间作者任建康通判。此时的辛弃疾从北方来到南宋已有八九年了，本想一展宏图带领南宋军队收复北方失地，却投闲置散，做着一个建康通判，报国之愿久久不得。在一次登临游览之际，心中郁结的悲愤之情涌来，便作出了此篇传世之作。

　　应该说，此作已经不再是交付青楼歌女的传唱之作，而是作者抒写心中情感的文学作品了，在内容上已大大超出了词最初常见的儿女情长。但即便如此，它终究是一篇词作，仍需要具有"词"作为一种文学艺术样式的独特的审美取向。

　　这首词上片大段写景：由水写到山，由无情之景写到有情之景，自然地从"景"过渡到"人"。接着从"把吴钩看了"一直到"树犹如此"，用了一连串的典故，以隐喻暗示自己的身世与报国不成的激情与忧愤。

　　至此，从内容上看，这篇作品已俨然成了一篇言志的诗作了，尽管在形式上是词。而最后一句终于出现了全篇仅有的两个含有颜色词的语词"红巾"、"翠袖"，就是这两个承接前文稍显突兀的词，最终成就了这篇作品作为词的审美特征。

　　"红""翠"这两个宋词中典型的女性色彩词汇，柔化了前面由一系列用典带来的铿锵顿挫之感，终于流露出词作中应有的温柔与慰藉。

　　为什么英雄希望得到的慰藉不是来自养育自己的父母？不是来自带给自己希望的孩子？也不是来自志同道合的朋友？而偏偏是一位红巾翠袖？

　　因为这就是宋词创作的传统。在写文上书、写诗言志的时代，英雄们吐露另一面柔情的出口就是作词。或者说，这种铁汉柔情的艺术效果，才是最适合用词来表现的。而作词时，现实中或者假想中，以男性为创作主体的词人们，心中预设的倾诉对象往往是一位红颜知己。

　　"红"和"翠"是宋词中代表女性最为典型的两个颜色词（当然"朱""黄""绿""青"也可以用于描写女性，但都不如"红""翠"典型），因此作者在最后用"红巾翠袖"这个典型的女性形象完成了情感的表达。

应该说，宋词本身的创作传统客观上要求作品需具备其特有的审美情趣，即更重视传达温柔细腻的情感。而在这篇词作中，正是"红巾翠袖"这两个含彩词语成就了此作作为"词"所应有的审美意味。

3. 宋词创作的音韵要求有时也会影响颜色词的使用

宋词作为一种涉及语言艺术、文学创造和音乐美感的综合艺术形式，其中遣词造句与声音韵律的配合是非常重要的。今天的我们在欣赏宋词时，已几乎无法感受到其与乐曲的配合，但通过口头的吟诵，仍然能感受到它在声韵调上的讲究，这也是词带给我们美感的重要来源。

为了追求音韵上的和谐，在遣词造句上有时会有所迁就。例如，有时按照习惯的句法语序无法达到押韵的效果，可能会改用不太常见的语序调整字词顺序以达到韵律上的和谐。如，

　　例8-101 非但予愁渺渺，料那人，应自有、一襟愁。霜栖露泊，容易吹白人头。漠漠荻花胜雪，拟寻静岸略移舟。留闲耳，听莺小院，听雨西楼。（仇远《庆清朝》）

"霜栖露泊，容易吹白人头"一句中，"容易吹白人头"这种"动词+补语+名词1+名词2"的语序并不常见。按照习惯的语序应为"容易吹人头白"，因为"白"的主语应该是"头"。而词中的"愁""舟""楼"均押尤韵，按照正常语序，入声字"白"位于句尾无法押韵，于是变换词序，使"头"位于句尾以押尤韵。然而好在汉语的语序组合较为灵活，变换词序后根据字义的组合往往也讲得通。

有时，词牌格律的平仄要求也会对用字有影响。如，

　　例8-102 春光艳冶，游人踏绿苔。千红万紫竞香开。暖风拂鼻籁，蓦地暗香透满怀。荼蘼似锦裁。娇红间绿白，只怕迅速春回。误落在尘埃。折向鬓云间、金凤钗。　　（康与之《荷叶铺水面（春游）》）

一般来说，诗词中使用颜色词对举时，两个颜色组合的结构应该一致，如"娇红姹绿""嫩黄浅紫"等，因此，词中"娇红间绿白"一句

中的"娇红"也许对"轻白"或"浅白"更符合结构一致的习惯。但根据词谱平仄的要求，此句需要"平平仄仄仄"，因此此处作者用了仄声的"绿"。事实上，作者也可以用仄声的"淡"白来对"娇红"，但也许在作者的视觉感受上，绿色是不可缺省的，因此并不执着于组合结构上的一致，在词的韵律上符合要求的情况下，便优先意义的表达。

总的来看，宋词在音韵方面对字词使用的影响毋庸置疑，但单从颜色词的使用上来看，大部分情况下用词与韵律的配合是和谐的。

第九章

结论及其他

第一节 本书主要结论

本书以《全宋词》为语料，在深入分析五个基本颜色词"黄""红""青""白""黑"的使用情况后，又从语言学及文学语言研究的角度，对《全宋词》中的颜色词在句法形式、语义表达以及语用功能上的特点进行了分析和归纳。主要结论为：

（1）颜色词在《全宋词》中的使用首先应从形式上划分为两类，即在句中单独使用的颜色词和含彩词语中的颜色词两类。因为在这两类使用形式中，颜色词在语义所指、可传达的超颜色意义以及语用特点等方面都表现出较大的区别。

（2）颜色词单用于句中时，往往可以充当主要句法成分，对应于语义内容，大致表现出两种功能，一是描写性功能，即作谓语时，侧重描写事物颜色的状态或变化；二是指称性功能，即作主语或宾语时，语义上往往指称具有相应颜色的某事物。

（3）颜色词构成含彩词语时，大多数情况下，颜色词作为修饰性成分修饰名词。此时颜色词在含彩词语中的语义内涵较之前一种要丰富许多，除了表现颜色之外，往往还能表达出颜色词的诸多附加义，如象征义、文化义等。

（4）颜色词在宋词这一特定的文学语言形式中的使用，还表现出与这种文学体裁相互适应、相互影响的一系列语用特点。如，颜色词与创作语境的互动，相互选择与适应；颜色词对于艺术创作中借景抒情、营造意境的审美功能；以及宋词本身的艺术规范对颜色词使用的制约和影响等。

总之，对一种语言中，特别是某类特定的文学语言中颜色词的研究，离不开对相关的文学创作传统、审美情趣、社会文化及心理认知特点等等因素的参照和考察。

第二节　有待继续研究的思考

与本书相关的，还有一些值得继续研究的课题。

1. 基于宋词特殊的体式，语言中声音与韵律的规范也是宋词带给人们艺术美感的重要来源之一。由于最初是合乐而歌的曲谱，因此宋词中的用字除了传统诗歌平仄押韵的要求之外，很多时候还会受到词牌曲调等诸多因素的影响。比如："宋词是歌唱文学，按谱制词，填好了就立刻交付乐手歌者。假使一字填错，音律有乖，那么就立见'荒腔倒字'，——倒字就是唱出来那字音听来是另外的字了。比如'春红'唱出来却像是'蠢閧'，'兰音'唱出来却成了'滥饮'……这个问题在今天唱戏、鼓书、弹词等中，也仍然是一个重要问题。"①

要发现宋词中的这些现象和规律就得非常了解每种词牌的曲调和字在宋代时的声韵调。结合宋词的韵律来研究宋词中词汇使用的特点是值得研究的课题之一。

2. 宋词中由颜色词与其他词构成的大量含彩词语，是研究汉语双音化以及词汇意义整合规律的重要语料。对这些词语的研究，除了颜色词本身，同时涉及与颜色词结合的另一个词的意义和文化典故以及二者在语义整合中的各种复杂情况等等，这些问题有待于进一步深入探讨。

3. 宋词是宋代纯文学韵文的代表，那么颜色词在散文中的使用情况如何；五类颜色范畴中的其他颜色词，"朱""赤""翠""碧"等在语料中的使用情况及与基本颜色词的异同；宋代颜色词与现代汉语中颜色词在联想意义、文化涵义等方面的继承与发展关系等等，这些都是值得今后继续研究的课题。

---

① 周汝昌:《唐宋词鉴赏辞典》，上海辞书出版社 1987 年版，序二第 3 页。

附　　录

　　《全宋词》中五个正色颜色词与单音名词构成含彩组合的出现频率统计表。

　　注：表中的"黄""红""青""白""黑"为五个基本颜色词，右端每行中为颜色词所修饰的单音名词。数字表示由相应坐标组成含彩词语在《全宋词》中出现的次数。如，从表中可以看出，"黄埃"一词共出现了7次、"红埃"一词出现了1次，等等。

黄	红	青	白	黑	
7	1				埃
		1			霭
		1			板
2					榜
		1			蚌
1					包
1	9				苞
	2				蓓
1					笔
		9	3		壁
	1				臂
			9		璧
1		4			编
		39	2	1	鬓
	5				冰

续表

黄	红	青	白	黑	
	5		2		波
1					彩
			1		菜
	1				蚕
			2		粲
		5			苍
1		25	2		草
		1			册
		1			蟾
	24	1			潮
		1			车
22	184		1		尘
	4				陈
		2			城
6		1			橙
		2			池
			2		齿
3					敕
	1				帱
	2				裯
		4			刍
1					川
	5				船
	22				窗
		125			春
	2				唇
	1				瓷
	1				刺
		9			葱
		21			璁
1					琮
	2				带

续表

黄	红	青	白	黑	
1					丹
9			1		道
1					蠹
	5	29			灯
		4			镫
	1				荻
		9	4		帝
	2				蒂
		1			颠
10	9				点
		2			钿
1					牒
7	1				蝶
	1		3		甀
	28				豆
10					牿
		1			墩
		14			娥
		7			蛾
			1		额
	15	4			萼
18		1	202	1	发
		1			帆
1					幡
		1			繁
			3		饭
	22				芳
	1	5			房
		1			舫
			1		妃
28	1	1			扉
	2				霏

续表

黄	红	青	白	黑	
	84				粉
		3			风
		2			枫
18					封
		2			峰
		2			葑
8					蜂
		6	12		凤
	4				拂
		2			浮
		1			蚨
1					符
1					垓
		5			盖
	1				干
11	1				柑
		1			竿
	1				冈
		1			岗
		3			缸
		1			皋
	2	1			膏
34					阁
		1			工
5		1			宫
	1				汞
	1				沟
6					姑
			8		骨
26					鹄
1		1			瓜
8					冠

黄	红	青	白	黑	
	8				光
			1		圭
2				1	龟
		1			闺
		1			桂
		3			海
		1			寒
		1			汉
		8			翰
		1			蒿
			3		毫
19					河
	1	2			荷
75	1		32		鹤
			1		黑
	1				蘅
		1	2		虹
		1			鸿
		1			壶
		2	1		湖
			2		虎
335	8	2	4		花
		1			华
		1			怀
		1			鬟
		1			辉
7					麾
564					昏
19					鸡
3					廑
		1			笈
	2				芰

续表

黄	红	青	白	黑	
		2			雾
		1			髻
	17				颊
2			1		甲
	1				架
	25	5			笺
			1		茧
1		2	1		简
		1			蕨
		1			郊
	1				椒
		4			蛟
2	6				蕉
	16	2			巾
222	1				金
		1			津
		4			衿
	1	1			襟
	16	3	1		锦
	1				槿
		1			禁
	6	1			旌
2		3			精
	1				景
		16			镜
		1			鸠
		1			韭
	3		34		酒
1			6		驹
		1			裾
79			1		菊
	2				炬

黄	红	青	白	黑	
		1			屦
11					卷
3					绢
		3			君
		5			空
		1			鞚
1					口
	2				脍
		1			匡
4	2				葵
6	23				蜡
	11	1			兰
		1			兰
	1				栏
	5				阑
			1		狼
	11		11		浪
			1		醪
	1				璑
	46	1			泪
			1		梨
		2			骊
81					鹂
		2			黎
		20			藜
		1	3		李
2	2				里
			1		醴
	3				荔
		6			笠
	1				粒
		1			奁

续表

黄	红	青	白	黑	
8	6	20			帘
		1			涟
	52	8	6		莲
	7				脸
	2				梁
20					梁
	39				蓼
		16			林
		1			磷
	9				鳞
	3				麟
	8	7			绫
	1				翎
	1		2		菱
	1				菱
11					流
	6				榴
		3			柳
5		5	3		龙
	81	111			楼
		1			漏
		1			镂
1	9	2	21		露
17					芦
	38				炉
		5	5		鹿
			69		鹭
		2			缕
		1			律
		2			峦
	15	67			鸾
		1			纶

续表

黄	红	青	白	黑	
	3				轮
	8	9			罗
		1			萝
		16			螺
5			6		麻
			16		马
	1				幔
		1			蔓
	1				猸
7					茅
12					帽
	3	1	2		眉
33	31	56			梅
1	7	2			袂
1		51			门
	1		1		蜜
	6		1		绵
	1				棉
	3		5		面
		2			旻
		43			冥
		1			陌
		1			眸
		1			目
1	1				幕
1					奶
1	1	2			泥
	1				猊
		4			霓
		2			年
	4				娘
9		34	24		鸟

黄	红	青	白	黑	
		34			鸟
1		9			牛
		6			奴
		34			女
			71		鸥
	4		1		藕
	2				苊
2	1	9	1		袍
		1			佩
		1	1		帔
	17	3			旆
		1			篷
		1			鼙
		12	76		苹
		11			萍
10					婆
		3			蒲
		2			齐
			1		骑
5	21	10			旗
	2				绮
3	2		1	1	气
	6			2	铅
		19			钱
	5				墙
	8				桥
	1				衾
		1			琴
		8			禽
	9				情
	2				琼
1		5	1		虬

黄	红	青	白	黑	
	2				球
	1				渠
	29				蕖
4	3				泉
3					犬
1		1			雀
1		1			阙
	33	5			裙
2					壤
2	90		36		日
	1				肉
	1				襦
	1	1			蕤
3	14	7			蕊
2		20			箬
	9				腮
5		1			伞
	1	1			桑
19					色
7			7	1	沙
	6	3			纱
		1			砂
		3			莎
		293		1	山
12	12	60			衫
2	12	2			裳
		4			梢
			1		舌
		11	1		蛇
			2		社
			1		身
		1			神

续表

黄	红	青	白	黑	
		1			蜃
		1			訾
10			25		石
		1			实
		19			史
		1			士
		1			市
			57		首
	6				兽
1	3				绶
	1				菽
		1			蔬
	17	1			树
		1			霜
			8	1	水
	1				楯
	12	45			丝
		40			松
			3		叟
1	8				酥
	8				酥
	3				素
1	1				粟
	1				粟
		1			岁
		9			襄
		26			琐
		2			锁
	1		1		塔
		23			苔
	1				檀
27					堂

续表

黄	红	青	白	黑	
	2				绛
	6		2		桃
2	1		1		藤
	2				题
		85	5		天
		3			田
		3			甜
	4	3			条
29					庭
		29			铜
4		4			童
		1		1	瞳
3		2	86	49	头
7					土
	1				网
	4				薇
	1	1			帏
	1				帷
2			3		苇
		1			炜
		2			幄
		1			乌
6			2		屋
1		8			芜
	13	2		1	雾
		11			溪
	14	11			霞
			1		鹇
		1			櫶
	3				线
7	53				香
		2			箱

续表

黄	红	青	白	黑	
		3			宵
	53	5			绡
		24			霄
		1			晓
	1				缬
	1	27			鞋
	4				心
			3		星
	52	14			杏
	3				绣
	92	1			袖
1		1	8		须
	1				栩
	8				靴
	8		64		雪
			2		血
			1		鸦
	40				牙
21		1			芽
		1			崖
	2	20			烟
		1			岩
	7				盐
	41				颜
		28	5		眼
	9				艳
			3		雁
		2			秧
		1	1		羊
	1	8			阳
6			3		杨
		4			腰

续表

黄	红	青	白	黑	
		3		1	瑶
	60				药
			1		鹞
45	104				叶
	36	10	28		衣
	1				蚁
	2	1			意
		14			翼
	4	6			阴
	5				茵
		2			荫
	3				裀
1	1		3		银
	3				印
2	27	1			英
10		1			莺
	5				缨
		1			蝇
	41	1			影
	2	26			油
			11		鱼
	15				萸
1		2	4		榆
		1			屿
		9	19		羽
4	59		1		雨
1	37	8	65		玉
		1			渊
		8			原
		4			圆
			1	1	猿
			4		月

续表

黄	红	青	白	黑	
1					钺
		1			樾
34	68	93	129	2	云
2	6				晕
	2				枣
	1	49	2		毡
			1		战
	1	1			帐
	2	1			障
		12			嶂
		1			枕
		1			芝
		18			枝
		1			织
9	1		1		纸
			2		芷
		1			制
4					钟
		12			冢
		13			州
			1		洲
	2				绉
			10		昼
	3				茱
	2				珠
8		1	1		竹
	43				烛
	1				渚
			16		纻
			15		苎
	3				柱
	1				篆

黄	红	青	白	黑	
	108				妆
	1				装
	9				幢
	1				姿
	3	42			子
	3				字
		1	1		奏
			1		足
		2			尊

参考文献

论著类

陈师曾著，徐书城点校：《中国绘画史》，中国人民大学出版社 2004 年版。

何自然、陈新仁：《当代语用学》，外语教学与研究出版社 2004 年版。

何自然、冉永平、莫爱屏、王寅等：《认知语用学》，上海外语教育出版社 2006 年版。

贾彦德：《汉语语义学》，北京大学出版社 1999 年版。

利奇：《语义学》，上海外语教育出版社 1987 年版。

刘云泉：《语言的色彩美》，安徽教育出版社 1990 年版。

任骋：《中国民间禁忌》，中国社会科学出版社 2005 年版。

束定芳：《语言的认知研究——认知语言学论文精选》，上海外语教育出版社 2004 年版。

唐圭璋、周汝昌等：《唐宋词鉴赏辞典》，上海辞书出版社 1987 年版。

王国维著，吴洋注释：《人间词话 手稿本全编》，内蒙古人民出版社 2003 年版。

王寅：《认知语言学》，上海外语教育出版社 2007 年版。

熊学亮：《认知语用学概论》，上海外语教育出版社 1999 年版。

叶嘉莹：《词之美感特质的形成与演进》，北京大学出版社 2007 年版。

叶嘉莹：《唐宋词十七讲》，北京大学出版社 2007 年版。

张惠民：《宋代词学审美理想》，人民文学出版社 1995 年版。

张志毅、张庆云：《词汇语义学》，商务印书馆 2005 年版。

赵翰生：《中国古代纺织与印染》，商务印书馆 1997 年版。

赵艳芳：《认知语言学概论》，上海外语教育出版社 2001 年版。

朱德才：《增订注释全宋词》，文化艺术出版社 1997 年版。

Adele E. Goldberg：《构式：论元结构的构式语法研究》，吴海波译，北京大学出版社 2007 年版。

［韩］金成喜：《染作江南春水色》，云南人民出版社 2006 年版。

［日］滝本孝雄、藤沢英昭：《色彩心理学》，科学技术文献出版社 1989 年版。

Finegan，E.1995.Subjectivity and subjectivisation：an introduction.*Subjectivity and subjectivisation：linguistic perspective*，Edited by Dieter Stein and Susan Wright，Cambridge University Press，1995.

Lakoff，G & M. Johnson. 1980. *Metaphors We Live By*. Chicago：The University of Chicago Press.

论文类

硕士学位论文

安丽哲：《王维诗歌的色彩艺术》，硕士学位论文，华中科技大学，2004 年。

程娥：《汉语红、黄、蓝三类颜色词考释》，硕士学位论文，武汉大学，2005 年。

程江霞：《李贺诗歌色彩词（语素）》，硕士学位论文，北京师范大学，2008 年。

黄珊珊：《色彩与文学》，硕士学位论文，福建师范大学，2003 年。

黄霞：《论汉民族文化对汉语色彩词的影响》，硕士学位论文，内蒙古大学，2004 年。

黄有卿：《汉语颜色词的文化含义》，硕士学位论文，天津师范大学，2006 年。

李海霞：《〈全唐诗〉颜色词语研究》，硕士学位论文，西南师范大学，2008 年。

李琳：《〈诗经〉中的色彩运用及其文化意蕴》，硕士学位论文，河北大学，2005 年。

　　李尧：《汉语色彩词研究》，硕士学位论文，南京师范大学，2002 年。

　　龙丹：《汉语颜色类核心词研究》，硕士学位论文，华中科技大学，2005 年。

　　于海飞：《色彩词研究》，硕士学位论文，曲阜师范大学，2003 年。

　　张丽：《上古汉语颜色词概述》，硕士学位论文，四川大学，2007 年。

博士学位论文

　　奥其尔：《蒙汉语颜色词之国俗语义对比研究》，博士学位论文，上海外国语大学，2008 年。

　　贺子晗：《"灰"族词语中"灰"的意义分析》，博士学位论文，广西师范大学，2008 年。

　　侯立睿：《古汉语黑系词疏解》，博士学位论文，浙江大学，2007 年。

　　马燕华：《魏晋骈文句式研究》，博士学位论文，北京师范大学，2003 年。

　　尹成君：《色彩与中国现代文学》，博士学位论文，东北师范大学，2003 年。

　　[韩] 金福年：《现代汉语颜色词运用研究》，博士学位论文，复旦大学，2003 年。

期刊论文

　　安林、王青：《从文化角度看英汉颜色词的象征意义》，《高等教育研究学报》2006 年第 12 期。

　　曹筱萍：《英汉基本颜色词"红"的隐喻认知对比分析》，《江西行政学院学报》2008 年第 4 期。

　　陈辉、张继东：《上古颜色词"黑"、"白"联想意义的产生》，《黄河科技大学学报》2008 年第 5 期。

　　陈家旭、秦蕾：《汉语基本颜色的范畴化及隐喻化认知》，《河南师范大学学报》（哲学社会科学版）2003 年第 2 期。

　　陈建初：《试论汉语颜色词（赤义类）的同源分化》，《古汉语研究》1998 年第 3 期。

　　陈良煜：《历代尚色心态的变异与汉语构词》，《青海师范大学学报》

（哲学社会科学版）2002 年第 3 期。

陈曦、张积家、舒华：《颜色词素在词义不透明双字词中的语义激活》，《心理科学》2006 年第 6 期。

陈艳阳：《汉语颜色词的文化分析》，《宜春学院学报》2008 年第 2 期。

丁石庆、王彦：《国内色彩词研究中的问题与思考》，《湖北民族学院学报》（哲学社会科学版）2006 年第 5 期。

范晓民、崔凤娟：《颜色词的认知研究》，《大连海事大学学报》（社会科学版）2007 年第 12 期。

冯胜利：《从人本到逻辑的学术转型——中国学术从传统走向现代的抉择》，《社会科学论坛》2003 年第 1 期。

符淮青：《"红"的颜色词群分析》（上）（下），《语文研究》1988 年第 3 期；1989 年第 1 期。

符淮青：《基本颜色词：其普遍性和发展》，《国外语言学》1981 年第 3 期。

高宏伟、王仲岳：《诗歌中的色彩与情感》，《昌潍师专学报》2001 年第 6 期。

谷晓恒：《从唐宋词使用的颜色词看唐宋审美文化的内涵》，《青海民族学院学报》（社会科学版）2001 年第 4 期。

顾海芳：《汉语颜色词的文化分析——关于〈说文解字〉对青、白、赤、黑的说解》，《沙洋师范高等专科学校学报》2002 年第 4 期。

郭再顺：《浅析英汉颜色词的文化底蕴》，《长春工程学院学报》（社会科学版）2001 年第 2 期。

何维娜：《惯用语中颜色词的认知机制》，《漯河职业技术学院学报》2007 年第 10 期。

胡遂、李媛：《论李清照词以色彩意象营造意境》，《枣庄学院学报》2007 年第 6 期。

黄红：《古诗词英译中色彩的处理》，《四川教育学院学报》2007 年第 10 期。

黄圣婴：《浅谈汉语颜色词——从颜色词的形成和特点说起》，《现代语文》2008 年第 5 期。

加晓昕：《色彩词的超常定语及其分布情况刍议》，《天府新论》2008

年第 4 期。

解海江：《汉语基本颜色词普方古比较研究》，《语言研究》2008 年第 7 期。

［韩］金福年：《不同性别表达者选用汉语颜色词的差异》，《修辞学习》2004 年第 1 期。

李安扬：《诗词中色彩词运用管见》，《江汉大学学报》1998 年第 2 期。

李春玲：《汉语中红色词族的文化蕴含及其成因》，《汉字文化》2003 年第 2 期。

李峰：《论色彩在文学意境创造中的美学意义》，《西南民族大学学报》（人文社会科学版）2007 年第 11 期。

李红印：《汉语色彩范畴的表达方式》，《语言教学与研究》2004 年第 6 期。

李红印：《颜色词的收词、释义和词性标注》，《语言文字应用》2003 年第 5 期。

李建东、董粤章、李旭：《颜色词的认知诠释》，《天津大学学报》（社会科学版）2007 年第 9 期。

李明凤：《汉语颜色词的文化内涵浅析》，《科技信息》2008 年第 1 期。

李燕：《汉语基本颜色词之认知研究》，《云南师范大学学报》2004 年第 3 期。

李尧：《汉语色彩词衍生法之探究》，《扬州大学学报》（人文社会科学版）2004 年第 9 期。

李尧：《汉语颜色词的产生》，《西南民族大学学报》（人文社会科学版）2007 年第 11 期。

李英：《古代颜色观的发展——《说文》糸部颜色字考》，《南华大学学报》（社会科学版）2002 年第 9 期。

李莹莹：《基本颜色词语隐喻意义的现实来源》，《安阳师范学院学报》2006 年第 1 期。

李玉芝：《色彩词的文学功能浅析》，《电影文学》2008 年第 2 期。

梁娟：《颜色字"白"及其文化阐释》，《安徽文学》2006 年第 11 期。

刘皓明、张积家、刘丽虹:《颜色词与颜色认知的关系》,《心理科学进展》2005 年第 1 期。

刘学文、徐胜利:《浅论宋词的设色类型》,《辽宁行政学院学报》2008 年第 5 期。

刘艳平:《漫谈借代词语中起借代作用的颜色词》,《贵州教育学院学报》(社会科学版) 2007 年第 2 期。

刘烨:《现代汉语基本色彩词词形的非原生性——兼谈其与汉字的关系》,《汉字文化》2000 年第 1 期。

马永红、热依木江:《汉语颜色词的文化内涵探析》,《研究者》2007 年第 4 期。

潘勃:《色彩词的借代表意》,《修辞学习》1996 年第 1 期。

潘峰:《〈尔雅〉时期汉语颜色词汇的特征》,《湖北成人教育学院学报》2004 年第 3 期。

潘峰:《释"白"》,《汉字文化》2004 年第 4 期。

潘峰:《释"黄"》,《汉字文化》2005 年第 3 期。

潘峰:《释"青"》,《汉字文化》2006 年第 1 期。

潘峰:《现代汉语基本颜色词的超常组合》,《黄冈师范学院学报》2006 年第 10 期。

潘峰:《现代汉语基本颜色词素仿词造词法探微》,《长江大学学报》(社会科学版) 2008 年第 2 期。

祁琦:《颜色词在诗歌中的修辞功能》,《武汉交通科技大学学报》(社会科学版) 2000 年第 3 期。

乔丽娟:《认知原型视角下的颜色词研究》,《齐齐哈尔医学院学报》2008 年第 6 期。

乔秋颖:《古代汉语色彩词的特点》,《徐州师范大学学报》(哲学社会科学版) 1997 年第 3 期。

芮晓玮:《从认知角度谈颜色词的模糊来源》,《现代语文》2007 年第 9 期。

沈家煊:《语言的"主观性"和"主观化"》,《外语教学与研究》2001 年第 7 期。

沈家煊:《转指和转喻》,《当代语言学》1999 年第 1 期。

石毓智:《现代汉语颜色词的用法》,《汉语学习》1990 年第 3 期。

苏向红：《新兴颜色词语的特点及其成因》，《修辞学习》2008 年第 4 期。

唐良玉：《隐喻认知视角下英汉基本颜色词的语义异同》，《琼州学院学报》2008 年第 6 期。

王宁：《汉语词汇语义学的重建与完善》，《宁夏大学学报》（人文社会科学版）2004 年第 4 期。

王玉英：《颜色词"青"及其国俗语义探析》，《修辞学习》2006 年第 5 期。

吴东平：《古汉语颜色词刍议》，《孝感学院学报》2003 年第 9 期。

吴世雄、陈维振、苏毅林：《颜色词语义模糊性的原型描述》，《福建师范大学学报》（哲学社会科学版）2002 年第 3 期。

伍铁平：《论颜色词及其模糊性质》，《语言教学与研究》1986 年第 2 期。

徐坤银、吴海平：《也谈颜色词的隐喻与转喻》，《中国科技信息》2007 年第 18 期。

徐玉如：《古代诗词与色彩词》，《修辞学习》1997 年第 4 期。

许嘉璐：《说"正色"——〈说文〉颜色词考察》，《中国典籍与文化》1995 年第 3 期。

杨漩：《谈颜色词的构成及语法特点》，《贵阳师专学报》（社会科学版）1995 年第 2 期。

姚秋莉：《颜色词的语义认知与原型》，《外国语言文学》（季刊）2003 年第 4 期。

姚小平：《基本颜色词理论述评——兼论汉语基本颜色词的演变史》，《外语教学与研究》1988 年第 1 期。

叶军：《论色彩词在语用中的两种主要功能》，《修辞学习》2001 年第 2 期。

衣玉敏：《"黑"的"颜"外之意》，《修辞学习》2003 年第 6 期。

尹晓红：《汉语表绿色词及其文化含义》，《广播电视大学学报》（哲学社会科学版）2000 年第 2 期。

于逢春：《论汉语颜色词的人文性特征》，《东北师大学报》（哲学社会科学版）1999 年第 5 期。

于逢春：《论民族文化对颜色词的创造及其意义的影响》，《吉林大学社会科学学报》2000 年第 9 期。

张积家、段新焕：《汉语常用颜色词的概念结构》，《心理学新探》2007 年第 1 期。

张明熹：《色彩词语意义形成的社会因素》，《汉语学习》1989 年第 6 期。

张清常：《汉语的颜色词》（大纲），《语言教学与研究》1991 年第 3 期。

张旺熹：《色彩词语联想意义初论》，《语言教学与研究》1988 年第 3 期。

张艳琴：《〈说文解字〉颜色词探究》，《吉林省教育学院学报》2008 年第 2 期。

张映梦：《略谈宋词中的"颜色字"》，《汉字文化》2005 年第 3 期。

朱志梅、张喆：《从认知角度分析英汉基本颜色词"白"的语义》，《四川教育学院学报》2008 年第 3 期。